Nuovi Coralli 386

Impostazione grafica di copertina: Federico Luci

ISBN 88-06-59409-5

Primo Levi

Vizio di forma

Einaudi

Lettera 1987

Caro Editore,

la tua proposta, di ristampare dopo piú di quindici anni *Vizio di forma*, mi rattrista e mi rallegra insieme. Come possono esistere insieme due stati d'animo cosí contraddittori? Cercherò di spiegarlo a te ed a me stesso.

Mi rattrista perché si tratta di racconti legati ad un tempo piú triste dell'attuale, per l'Italia, per il mondo, ed anche per me: legati ad una visione apocalittica, rinunciataria, disfattista, la stessa che aveva ispirato il *Medioevo prossimo venturo* di Roberto Vacca. Ora, il Medioevo non è venuto: nulla è crollato, e ci sono invece timidi segni di un assetto mondiale fondato, se non sul rispetto reciproco, almeno sul reciproco timore. A dispetto degli spaventosi arsenali dormienti, la paura di una «Dissipatio Humani Generis» (Morselli), a torto o a ragione, si è soggettivamente attenuata. Come stiano oggettivamente le cose, non lo sa nessuno.

Mi rallegra perché rivive cosí il piú trascurato dei miei libri, il solo che non è stato tradotto, che non ha vinto premi, e che i critici hanno accettato a collo torto, accusandolo appunto di non essere abbastanza catastrofico. Se lo rileggo oggi, accanto a parecchie ingenuità ed errori di prospettiva, ci trovo qualcosa di buono. I bambini sintetici sono una realtà, anche se l'ombelico ce l'hanno. Sulla luna ci siamo andati, e la terra vista di lassú deve proprio assomigliare a quella che io ho descritta; peccato che i Seleniti non esistano, né siano mai esistiti. Gli aiuti ai paesi del terzo mondo incontrano spesso il destino che ho delineato nella doppietta *Recuenco*. Col dilagare del terziario, i «lumini rossi» sono aumentati di numero, ed è addirittura apparsa sui giornali, nel 1981, la notizia di un sensore mensile identico a quello che io avevo descritto. Siamo ancora lontani da una realizzazione del racconto *A fin di bene*, ma («cosí s'osserva in me lo contrappasso») dopo alcune esitazioni la Sip ha assegnato alla mia seconda casa un numero telefonico che è l'esatto anagramma del mio di Torino.

Quanto a *Ottima è l'acqua*, poco dopo la sua pubblicazione lo «Scientific American» ha riportato la notizia, di fonte sovietica, di una «poliacqua» viscosa e tossica, simile per molti versi a quella da me anticipata: per fortuna di tutti, le esperienze relative si sono dimostrate non riproducibili e tutto è finito in fumo. Mi lusinga il pensiero che questa mia lugubre invenzione abbia avuto un effetto retroattivo ed apotropaico. Si rassicuri quindi il lettore: l'acqua, magari inquinata, non diverrà mai viscosa, e tutti i mari conserveranno le loro onde.

PRIMO LEVI

Torino, gennaio 1987.

Vizio di forma

Eran cento uomini in arme.
Quando il sole sorse nel cielo,
Tutti fecero un passo avanti.
Ore passarono, senza suono:
Le loro palpebre non battevano.
Quando suonarono le campane,
Tutti mossero un passo avanti.
Cosí passò il giorno, e fu sera,
Ma quando fiorí in cielo la prima stella,
Tutti insieme, fecero un passo avanti.
« Indietro, via di qui, fantasmi immondi:
Ritornate alla vostra vecchia notte »:
Ma nessuno rispose, e invece,
Tutti in cerchio, fecero un passo avanti.

Protezione

Marta finí di rassettare la cucina, mise in funzione la lavatrice, poi accese una sigaretta e si stese sulla poltrona, seguendo distrattamente la televisione attraverso la fenditura della visiera. Nella camera accanto Giulio era silenzioso: stava probabilmente studiando, o scrivendo il compito di scuola. Da oltre il corridoio giungevano a intervalli i fragori rassicuranti di Luciano, che giocava con un amico.

Era l'ora della pubblicità: sullo schermo, straccamente, si susseguivano incitamenti, consigli, lusinghe: comprate solo aperitivo Alfa, solo gelati Beta; comprate solo lucido Gamma per tutti i metalli; solo elmi Delta, dentifricio Epsilon, abiti fatti Zeta, olio Eta inodoro per le vostre giunture, vino Teta... Nonostante la posizione disagiata e la corazza che le dava noia alle anche, Marta finí coll'addormentarsi, ma sognò di dormire coricata sulle scale di casa, per traverso, mentre accanto la gente saliva e scendeva senza curarsi di lei. Si svegliò allo sferragliare di Enrico sul pianerottolo: non si sbagliava mai, era fiera di riconoscere il suo passo da quello di tutti gli altri inquilini. Quando fu entrato, Marta si affrettò a rimandare a casa l'amico di Luciano, e apparecchiò la tavola per la cena. Faceva caldo, e del resto il telegiornale aveva annunciato che la pioggia di micrometeoriti attraversava un periodo di scarsa attività: perciò Enrico sollevò la visiera, e gli altri lo imitarono. Cosí era anche piú agevole portare il cibo alla bocca, invece che attraverso la piccola valvola stellare che si sporcava sempre e poi puzzava. Enrico interruppe la lettura del giornale per annunciare: – Ho incontrato Roberto sulla metropolitana: era un pezzo che non ci vedevamo. Verrà stasera con Elena a trovarci.

Arrivarono verso le dieci, quando già i ragazzi erano a letto. Elena portava uno splendido completo in acciaio AISI 304, con saldature ad argon quasi invisibili e graziosi bulloncini a testa fresata; Roberto, invece, indossava una corazza leggera, di modello inusitato, flangiata lungo i fianchi e singolarmente poco rumorosa:

– Me la sono comperata a marzo, in Inghilterra: sí, sí, è inossidabile, tiene benissimo la pioggia, ha tutte le guarnizioni in neoprene, e si mette e si toglie in non piú di un quarto d'ora.

– Quanto pesa? – chiese Enrico, senza molto interesse.

Roberto rise, senza imbarazzo. – Già, è qui il punto debole. Sapete bene, si tende all'unificazione, qui nel Mercato Comune ci siamo già arrivati, ma laggiú, per quanto riguarda i pesi e le misure, sono sempre indietro di qualche passo. Pesa sei chili e ottocento: le mancano solo duecento grammi per essere in regola, ma vedrete che nessuno se ne accorgerà; o magari, tanto per la legalità, mi farò riportare un pochino di piombo qui dietro il collo, dove non si vede. A parte questo, tutti gli spessori sono in ordine, e ad ogni buon conto mi porto sempre dietro il certificato d'origine e il disegno quotato, in questa fenditura accanto alla targa. Vedete? è fatta apposta: è una di quelle piccole idee che rendono facile la vita. Gli inglesi sono gente pratica.

Marta non poté fare a meno di lanciare un'occhiata di sfuggita alla corazza di Enrico: lui no, poveretto, non sarebbe mai andato a fare acquisti a Londra. Portava ancora la vecchia armatura in lamiera zincata dentro la quale, tanti anni prima, lei lo aveva conosciuto: decorosa, certo, senza un briciolo di ruggine, ma che fatica per la manutenzione! E poi, la lubrificazione: non meno di sedici ingrassatori Stauffer, di cui quattro ben fuori mano, e guai a saltarne uno o a saltare una domenica, se no strideva come un fantasma di Scozia; e anche, guai a esagerare, o altrimenti lasciava il segno su tutte le sedie e le poltrone come una lumaca. Ma Enrico sembrava che non se ne accorgesse: diceva di sentircisi affezionato, e parlargli di cambiare era un'impresa disperata, anche se, pensava Marta, si trovano adesso degli equipaggiamenti in regola con la legge, pratici, quasi eleganti, e che se li paghi a rate non te ne accorgi neanche.

Sbirciò la propria immagine, riflessa nella specchiera. Anche lei non era il tipo di donna che passa la giornata dall'estetista e dal parrucchiere, eppure rinnovare un poco il suo guardaroba le avrebbe fatto piacere, non c'era dubbio: in fondo si sentiva ancora giovane, anche se Giulio aveva ormai sedici anni. Marta seguiva distrattamente la conversazione. Roberto era di gran lunga il piú brillante dei quattro: viaggiava molto e aveva sempre qualcosa di nuovo da raccontare. Marta notò con piacere che cercava di incontrare il suo sguardo: un piacere puramente retrospettivo, perché quella loro faccenda era ormai vecchia di dieci anni, e a lei non sarebbe piú successo niente, lo sapeva, né con lui né con altri. Un capitolo chiuso: se non per altre ragioni, almeno per via di quella fastidiosa faccenda della protezione obbligatoria, per cui uno non sapeva mai se aveva a che fare con un vecchio o con un giovane, con un bello o con un brutto, e tutti gli incontri si limitavano ad una voce e al balenare di uno sguardo in fondo a una visiera. Lei non aveva mai capito come una legge cosí assurda avesse potuto essere votata: eppure Enrico le aveva spiegato piú volte che i micrometeoriti erano un pericolo vero, tangibile, che da vent'anni la Terra ne stava attraversando uno sciame, e che bastava uno solo ad uccidere una persona, penetrandola in un istante da parte a parte. Si riscosse accorgendosi che Roberto stava proprio parlando di quell'argomento:

– Anche voi ci credete? Beh, se leggete sempre e soltanto « L'Araldo » non c'è da stupirsi, ma ragionateci sopra, e vi accorgerete che è tutta una montatura. I casi di « morte dal cielo », come si dice adesso, sono pochi in misura ridicola, non piú di venti veramente accertati. Gli altri sono emboli o infarti o altri accidenti.

– Ma come! – disse Enrico: – Solo la settimana scorsa si è letto di quel ministro francese che era uscito per un attimo sul balcone senza armatura...

– È tutta una montatura, vi dico. L'infarto è sempre piú frequente, ed è un'istituzione che non serve a nessuno: in regime di pieno impiego, hanno semplicemente cercato di utilizzarlo, è tutto qui. Se chi gli tocca non ha corazza, è stato un MM, un micrometeorite, e si trova sempre il perito settore compiacente; se la corazza c'è, allora resta un infarto, e nessuno ci fa caso.

– E tutti i giornali si prestano?

– Tutti no: ma sapete bene com'è, il mercato dell'auto è saturo, e le linee di montaggio sono sacre: non si possono fermare. Allora si convince la gente a portare corazze, e si mette in prigione chi non obbedisce.

Non erano novità: erano considerazioni che Marta aveva già sentite, e anche piú di una volta, ma si sa bene che spesso anche tipi brillanti come Roberto si trovano a corto di argomenti, e del resto, a ripetere cose già note si va sul sicuro e si evitano quei buchi di silenzio che dànno tanto disagio.

– Io però – disse Elena, – devo dire che nella corazza ci sto bene. Non è che io lo abbia letto sui giornali femminili: ci sto bene proprio, come si sta bene a casa.

– Ci stai bene perché la tua corazza è bella: anzi, scusa se non te l'ho detto ancora, ma è una meraviglia, – disse Marta con sincerità. – Non ne ho mai vista una cosí ben disegnata: sembra proprio fatta su misura.

Roberto si schiarí la voce, e Marta comprese di avere commesso una gaffe, anche se non tanto grave. Elena rise, con indulgente sicurezza: – Lo è, fatta su misura! – Volse uno sguardo riconoscente a Roberto, e aggiunse: – Lui, sai, ha certe conoscenze nell'ambiente dei carrozzieri di Torino... Ma non è per questo che dicevo di starci bene dentro: starei bene in qualunque corazza. Alla storia degli MM ci credo poco, anzi niente, e sentire che è tutta una montatura per fare guadagnare soldi alla General Motors mi fa venire una gran rabbia, eppure... eppure sto bene con e male senza, e come me ce ne sono tanti, ve lo posso assicurare.

– Non prova nulla, – disse Marta. – Hanno creato un bisogno. Non è il primo caso: sono molto bravi a creare bisogni.

– Non credo che il mio sia un bisogno artificiale: se fosse cosí, chissà quanta gente ci sarebbe che si fa sorprendere senza corazza, o con una corazza non regolamentare; anzi, non avrebbero neppure votato la legge, o la gente avrebbe fatto una rivoluzione. Invece io... è un fatto: io mi ci sento... come dire?

– Snug, – intervenne Roberto, ironico: per lui non doveva essere un discorso nuovo.

– Come? – fece Enrico.

– As snug as a bug in a rug. È difficile da tradurre, e

anche un po' offensivo: ma non tutti i *bugs* sono scarafaggi.

– Ad ogni modo, – riprese Elena, – per me è cosí: mi ci trovo *snug* come uno scarafaggio in un tappeto. Mi sento protetta come in una fortezza, e alla sera quando vado a letto me la tolgo malvolentieri.

– Protetta contro che cosa?

– Non so: contro tutto. Contro gli uomini, il vento, il sole e la pioggia. Contro lo smog e l'aria contaminata e le scorie radioattive. Contro il destino e contro tutte le cose che non si vedono e non si prevedono. Contro i cattivi pensieri e contro le malattie e contro l'avvenire e contro me stessa. Se non avessero fatto quella legge, credo che mi sarei comperata una corazza lo stesso.

Il discorso stava prendendo una piega pericolosa: Marta se ne accorse, e lo ricondusse in acque piú tranquille narrando la storia del professore di Giulio, il quale era cosí avaro che, piuttosto di gettare via la sua armatura tutta arrugginita, l'aveva verniciata col minio di dentro e di fuori e si era presa una intossicazione da piombo. Poi Enrico raccontò il caso di quel carpentiere di Lodi che aveva preso molta pioggia, i bulloni gli si erano bloccati, e lui aveva un appuntamento, e la ragazza gli aveva tagliato addosso la corazza col cannello ossidrico e l'aveva mandato all'ospedale.

Infine si salutarono: Roberto si sfilò il guanto ferrato per stringere la mano nuda di Marta, e Marta provò un piacere intenso e breve che la riempí di una tristezza grigia, luminosa, non dolorosa: questa tristezza le rimase addosso a lungo, le tenne compagnia dentro la sua corazza, e l'aiutò a vivere per parecchi giorni.

Verso occidente

– Lascia stare la cinepresa: guarda, guarda coi tuoi occhi, e cerca di contarli!

Anna depose l'apparecchio e affondò lo sguardo nella valle: era una valle pietrosa e stretta che comunicava coll'entroterra solo attraverso un intacco quadrato e finiva in mare con un'ampia spiaggia melmosa. Finalmente, dopo settimane di appostamenti e di inseguimenti, erano riusciti: l'esercito dei lemming, onda dopo onda, si affacciava al valico e scendeva a precipizio per il pendio, sollevando una nuvola bruna di polvere: dove la pendenza si attenuava, le ondate grigio-azzurre si fondevano nuovamente in una fiumana compatta, che muoveva ordinatamente verso il mare.

Entro pochi minuti la spiaggia fu invasa: nella luce calda del tramonto si distinguevano i singoli roditori che avanzavano nel fango, affondandovi fino al ventre; procedevano con fatica ma senza esitare, entravano in acqua e proseguivano a nuoto. Si vedevano le teste emergere per un centinaio di metri dalla battigia, qualche testa isolata si distingueva ancora a duecento metri, dove le onde del fiordo si rompevano: oltre, piú niente. Nel cielo, un altro esercito saettava inquieto: una flottiglia di rapaci, molti falchi, qualche poiana, e poi sparvieri, nibbi, ed altri che i due naturalisti non seppero identificare. Volteggiavano stridendo ed azzuffandosi fra loro: ogni tanto uno si abbatteva come un sasso, frenava con un brusco mulinare delle ali, prendeva terra attirato da un obiettivo invisibile, ed intorno a lui la fiumana dei lemming si divaricava come intorno a un isolotto.

– Ecco, – disse Walter, – adesso l'abbiamo anche visto. Adesso è diverso: non abbiamo piú giustificazioni. È una cosa che esiste, che esiste in natura, che esiste da sempre, e perciò deve avere una causa, e perciò questa causa deve essere trovata.

– Una sfida, vero? – disse Anna, in tono quasi materno: ma Walter si sentiva già in battaglia, e non rispose. – Andiamo, – disse; prese il sacco di rete e volò giú per il pendio, fin dove i lemming piú frettolosi gli passavano fra le gambe senza mostrare timore. Ne acchiappò quattro, poi gli venne in mente che forse quelli che procedevano a mezza costa non rappresentavano un campione medio: potevano essere i piú forti, o i piú giovani, o i piú risoluti. Ne liberò tre, poi avanzò in mezzo al brulichio grigio e ne catturò altri cinque in vari punti della valle. Risalí fino alla tenda coi sei animaletti, che squittivano debolmente ma non si mordevano fra loro.

– Poverini! – disse Anna. – Ma già, tanto sarebbero morti ugualmente –. Walter stava già chiamando con la radio l'elicottero della Guardia Forestale. – Verranno domattina, – disse: – adesso possiamo cenare –. Anna sollevò uno sguardo interrogativo; Walter disse: – No, diamine, non ancora. Anzi, dài qualcosa da mangiare anche a loro: ma non molto, per non alterarne le condizioni.

Ne parlarono a lungo, tre giorni dopo, col professor Osiasson, ma senza concludere molto. Rientrarono in albergo.

– Che cosa aspettavi da lui, finalmente? Che criticasse la teoria che lui stesso ha messa in piedi?

– No, – disse Walter, – ma almeno che desse mente alle mie obiezioni. È facile ripetere le stesse cose per un'intera carriera e con la coscienza in ordine: basta rifiutare i fatti nuovi.

– Sei cosí sicuro dei fatti nuovi?

– Sono sicuro oggi, e lo sarò anche piú domani. Lo hai visto tu stessa: i sei che abbiamo catturato, al termine della marcia, erano ottimamente nutriti: 28 per cento di grasso, piú della media dei lemming catturati sugli altipiani. Ma se non basta ritornerò...

– Ritorneremo.

– ... ritorneremo, e ne prenderemo sessanta, o seicento, e allora vedremo quale Osiasson oserà ancora ripetere che chi li muove è la fame.

– O la sovrappopolazione...

– È una sciocchezza. Nessun animale può reagire all'affollamento con un affollamento peggiore. Quelli che abbiamo visti venivano da tutte le pieghe dell'altipiano: ebbene, non si sfuggivano, anzi si cercavano, tribú con tribú, individuo con individuo. Hanno marciato per due mesi, sempre verso occidente, e ogni giorno erano piú fitti.

– Allora?

– Allora... vedi, non so ancora, non te lo posso ancora formulare con esattezza, il mio pensiero, ma io... io credo che vogliano proprio morire.

– Perché un essere vivente dovrebbe voler morire?

– E perché dovrebbe voler vivere? Perché dovrebbe *sempre* voler vivere?

– Perché... ecco, non lo so, ma tutti vogliamo vivere. Siamo vivi perché vogliamo vivere. È una proprietà della sostanza vivente; io voglio vivere, non ho dubbi. La vita è meglio della morte: mi sembra un assioma.

– Non ne hai mai avuti, di dubbi? Sii sincera!

– No, mai –. Anna meditò, poi aggiunse: – Quasi mai.

– Hai detto *quasi*.

– Sí, lo sai bene. Dopo che è nata Mary. È durato poco, pochi mesi, ma è stato molto brutto: mi sembrava che non ne sarei uscita mai, che sarei rimasta cosí per sempre.

– E cosa pensavi in quei mesi? Come vedevi il mondo?

– Non ricordo piú. Ho fatto di tutto per dimenticarlo.

– Dimenticare che cosa?

– Quel buco. Quel vuoto. Quel sentirsi... inutili, con tutto inutile intorno, annegati in un mare di inutilità. Soli anche in mezzo a una folla: murati vivi in mezzo a tutti murati vivi. Ma smetti, per favore, lasciami stare. Tieniti sulle questioni generali.

– Vediamo... senti, proviamo cosí. La regola è questa, che ognuno di noi uomini, ma anche gli animali, e... sí, anche le piante, tutto ciò che è vivo, lotta per vivere e non sa perché. Il perché sta scritto in ogni cellula, ma in un linguaggio che non sappiamo leggere con la mente: lo leggiamo però con tutto il nostro essere, e obbediamo al messaggio con tutto il nostro comportamento. Ma il messaggio può essere piú o meno imperativo: sopravvivono le specie in cui il messaggio è inciso profondo e chiaro, le altre si estinguono, si sono estinte. Ma anche quelle in cui il messaggio è chiaro possono avere delle lacune. Possono nascere individui senza amore per la vita; altri lo possono perdere, per poco o molto tempo, magari per tutta la vita che gli resta; e finalmente... ecco, forse ci sono: lo possono perdere anche gruppi di individui, epoche, nazioni, famiglie. Sono cose che si sono viste: la storia umana ne è piena.

– Bene. C'è una parvenza d'ordine, adesso: ti ci stai avvicinando. Ma adesso devi spiegarmi, anzi, devi spiegarti, come questo amore può sparire in un gruppo.

– Ci penserò dopo. Adesso volevo ancora dirti che fra chi possiede l'amore di vita e chi lo ha smarrito non esiste un linguaggio comune. Lo stesso evento viene descritto dai due in due modi che non hanno niente in comune: l'uno ne ricava gioia e l'altro tormento, ognuno ne trae conferma per la propria visione del mondo.

– Non possono aver ragione tutti e due.

– No. In generale, tu lo sai, e bisogna avere il coraggio di dirlo, hanno ragione quegli altri.

– I lemming?

– Diciamo pure cosí: chiamiamoli lemming.

– E noi?

– Noi abbiamo torto, e lo sappiamo, ma troviamo piú gradevole tenere gli occhi chiusi. La vita *non* ha uno scopo; il dolore prevale sempre sulla gioia; siamo tutti dei condannati a morte, a cui il giorno dell'esecuzione non è stato rivelato; siamo condannati ad assistere alla fine dei nostri piú cari; le contropartite ci sono, ma sono scarse. Sappiamo tutto questo, eppure qualcosa ci protegge e ci sorregge e ci allontana dal naufragio. Che cosa è questa protezione? Forse solo l'abitudine: l'abitudine a vivere, che si contrae nascendo.

– Secondo me, la protezione non è la stessa per tutti. C'è chi trova difesa nella religione, chi nell'altruismo, chi nell'ottusità, chi nel vizio, chi riesce a distrarsi senza interruzioni.

– Tutto vero, – disse Walter: – potrei aggiungere che la difesa piú comune, ed anche la meno ignobile, è quella che sfrutta la nostra essenziale ignoranza del domani. E vedi, anche qui c'è simmetria, questa incertezza è quella stessa che rende la vita insopportabile ai... ai lemming. Per tutti gli altri, la volontà di vita è qualcosa di profondo e confuso, qualcosa in noi e insieme accanto a noi, separato dalla coscienza, quasi come un organo che di norma funziona in silenzio, in disciplina, ed allora è ignorato: ma può ammalarsi o atrofizzarsi, essere ferito o amputato. Allora si continua a vivere, ma male, con fatica, con dolore, come chi abbia perduto lo stomaco o un polmone.

– Sí, – disse Anna, – questa è la difesa principale, quella naturale, che ci viene donata insieme con la vita perché la vita ci sia sopportabile. Ma ce ne sono altre, io credo: quelle che ho detto prima.

– Ecco, ci deve essere qualcosa in comune a tutte le difese. Se sapremo rispondere alla domanda che abbiamo lasciata in sospeso, cioè che cosa agisca entro un gruppo, sapremo anche che cosa accomuna le diverse difese. Si possono fare due supposizioni: una è che un « lemming » contagi tutti i suoi vicini; l'altra è che si tratti di una intossicazione o di una carenza.

Nulla è piú vivificante di un'ipotesi. Il Laboratorio della Guardia Forestale fu mobilitato in pochi giorni, e i risultati non tardarono, ma furono per molto tempo negativi. Il sangue dei lemming migranti era identico a quello dei lemming stazionari: cosí pure l'urina, la quantità e la composizione del grasso, tutto. Walter non pensava ad altro e non parlava d'altro. Ne parlava una sera con Bruno, davanti ai bicchieri pieni, ed ebbero l'idea insieme.

– Questo, ad esempio, serve, – disse Bruno. – È vecchia esperienza, esperienza comune.

– È un farmaco molto rudimentale. L'alcool non è

innocuo, è di dosaggio difficile, e il suo effetto è molto breve.

– Ma ci si potrebbe lavorare sopra.

Il giorno dopo erano davanti al recinto dei lemming, nel parco dell'Istituto. Avevano dovuto rinforzare la rete dal lato verso il mare, ed approfondirla di due buoni metri sotto il livello del suolo, perché quelle bestiole non avevano pace: erano ormai un centinaio, e per tutto il giorno, e per metà della notte, si accalcavano contro la rete, calpestandosi, cercando di arrampicarsi e di respingersi vicendevolmente indietro; alcuni scavavano cunicoli che fatalmente si arrestavano contro la rete interrata, uscivano strisciando all'indietro, ricominciavano: gli altri tre lati del recinto erano deserti. Walter entrò, ne catturò quattro, legò loro un contrassegno alla zampina, e somministrò loro un grammo d'alcool con una sonda. I quattro, rimessi nel recinto, sostarono per qualche minuto col pelo ispido e le narici dilatate, poi si allontanarono e si misero tranquilli a brucare l'erica: tuttavia, dopo un'ora ad uno ad uno avevano ripreso il loro posto nella mischia degli individui risoluti a migrare verso ponente. Walter e Bruno furono d'accordo nel concludere che non era molto, ma era una traccia.

Dopo un mese, il reparto dei farmacologi era in piena attività. Il tema proposto era semplice e terrificante: individuare o sintetizzare l'ormone che inibisce il vuoto esistenziale. Anna era perplessa, e non lo nascose.

– Se lo troveremo, avremo fatto un bene o un male?

– Un bene per l'individuo, certamente. Un bene per la specie umana, è dubbio, ma è un dubbio sconfinato: si addice a qualsiasi medicamento, non solo a questo. Ogni farmaco, anzi, ogni intervento medico, rende adatto un inadatto: vorresti contestare tutti i farmaci e tutti i dottori? La specie umana ha scelto da secoli questa via, la via della sopravvivenza artificiale, e non mi sembra che ne sia uscita indebolita. L'umanità ha voltato le spalle alla natura, da un pezzo: è fatta di individui, e punta tutto sulla sopravvivenza individuale, sul prolungamento della vita e sulla vittoria contro la morte e il dolore.

– Ma ci sono altri modi di vincere il dolore, questo dolore: altre battaglie, che ognuno è tenuto a combattere coi propri mezzi, senza l'aiuto esterno. Chi le vince, si dimostra forte, e cosí facendo diventa forte, si arricchisce e si migliora.

– E chi non le vince? Chi cede, di schianto o a poco a poco? Cosa dirai tu, cosa dirò io, se ci troveremo anche noi a... camminare verso ponente? Saremo capaci di rallegrarci in nome della specie, e di quegli altri che trovano in sé la forza di invertire il cammino?

Passarono altri sei mesi, e per Anna e Walter furono mesi singolari. Risalirono il Rio delle Amazzoni con un battello di linea, poi con un battello piú piccolo il Rio Cinto, e infine in piroga un affluente senza nome: la guida che li accompagnava aveva loro promesso un viaggio di quattro giorni, ma solo al settimo superarono le rapide di Sacayo e giunsero in vista del villaggio. Distinsero di lontano i contrafforti cadenti della fortezza spagnola, e non commentarono, perché non ce n'era bisogno e non era nuovo per loro, un altro elemento del paesaggio: un fitto intrecciarsi nel cielo di voli di rapaci, che sembrava avere centro proprio sopra la fortezza.

Il villaggio di Arunde ospitava gli ultimi resti della tribú degli Arunde: ne avevano appreso l'esistenza casualmente, da un articolo comparso su una rivista di antropologia. Gli Arunde, un tempo estesi su di un territorio vasto quanto il Belgio, si erano ristretti entro confini sempre piú angusti perché il loro numero era in continuo declino. Questo non era effetto di malattie, né di guerre con le tribú confinanti, e neppure di alimentazione insufficiente, ma soltanto del tasso enorme di suicidi: non altro era stato il motivo per cui Walter si era deciso a chiedere il finanziamento per la spedizione.

Furono ricevuti dal decano del villaggio, che aveva solo trentanove anni e parlava correttamente lo spagnolo. Walter, che odiava i preamboli, entrò subito nel vivo dell'argomento: si attendeva dall'altro ritegno, pudore, forse sospetto o freddezza davanti alla curiosità impietosa di uno straniero, e si trovò invece davanti ad un uomo sereno, cosciente e maturo, come se a quel colloquio si fosse preparato per anni, forse per l'intera sua vita.

Il decano gli confermò che gli Arunde, da sempre, erano privi di convinzioni metafisiche: soli fra tutti i loro vicini, non avevano chiese né sacerdoti né stregoni, e non attendevano soccorso dal cielo né dalla terra né dai luoghi inferi. Non credevano in premi né in punizioni. La loro terra non era povera, disponevano di leggi giuste, di una amministrazione umana e spedita; non conoscevano la fame né la discordia, possedevano una cultura popolare ricca ed originale, e si rallegravano spesso in feste e banchetti. Interrogato da Walter sul costante declino numerico della popolazione, il decano rispose di essere consapevole della fondamentale differenza fra le loro credenze e quelle degli altri popoli, vicini e lontani, di cui era venuto a conoscenza.

Gli Arunde, disse, attribuivano poco valore alla sopravvivenza individuale, e nessuno a quella nazionale. Ognuno di loro veniva educato, fin dall'infanzia, a stimare la vita esclusivamente in termini di piacere e dolore, valutandosi nel computo, naturalmente, anche i piaceri e i dolori provocati nel prossimo dal comportamento di ognuno. Quando, a giudizio di ogni singolo, il bilancio tendeva a diventare stabilmente negativo, quando cioè il cittadino riteneva di patire e produrre piú dolori che gioie, veniva invitato ad un'aperta discussione davanti al concilio degli anziani, e se il suo giudizio trovava conferma, la conclusione veniva incoraggiata ed agevolata. Dopo il congedo, egli veniva condotto alla zona dei campi di ktan: il ktan è un cereale molto diffuso nel paese, ed il suo seme, vagliato e macinato, si impiega nella fabbricazione di una sorta di focacce. Se non è vagliato, lo accompagna il seme assai minuto di una graminacea infestante, che possiede azione stupefacente e tossica.

L'uomo viene affidato ai coltivatori di ktan: si nutre con focacce confezionate con seme non vagliato, ed in pochi giorni, o in poche settimane, a sua scelta, raggiunge una condizione di gradevole stupore, a cui fa seguito il riposo definitivo. Pochi mutano pensiero, e ritornano dai campi di ktan alla città fortificata: vi vengono accolti con gioia affettuosa. Esiste un contrabbando di semi non vagliati attraverso le mura, ma non è di misura preoccupante, e viene tollerato.

Al loro ritorno, Anna e Walter si trovarono davanti ad una grossa novità. La « sostanza mancante » era stata trovata: piú precisamente, era stata dapprima creata dal nulla, per sintesi, attraverso uno sfibrante lavoro di vagliatura di innumerevoli composti sospettati di esercitare sul sistema nervoso un'attività specifica; poco dopo, era stata identificata nel sangue normale. Stranamente, l'intuizione di Bruno aveva colpito nel segno: il composto piú efficace era proprio un alcool, benché di struttura piuttosto complessa. Il suo dosaggio era molto basso, talmente basso da giustificare l'insuccesso degli analisti che non lo avevano identificato come componente normale del sangue di tutti i mammiferi sani, compreso l'uomo, e che quindi non ne avevano potuto cogliere l'assenza nel sangue dei lemming migranti. Walter ebbe il suo quarto d'ora di successo e di notorietà: i campioni di sangue che aveva prelevato dagli Arunde non contenevano neppure una traccia del principio attivo.

Questo, che era stato denominato fattore L, venne presto prodotto su scala pilota. Era attivo per via orale, e si dimostrò miracoloso nel restaurare la volontà di vita in soggetti che ne erano privi, o che l'avevano perduta in seguito a malattie, sventure o traumi: negli altri, in dosi normali, non provocava effetti degni di nota né segni di sensibilizzazione o di accumulo.

L'opportunità di una conferma fu subito evidente a tutti: anzi, di una duplice conferma, sui lemming migranti e sui loro analoghi umani. Walter spedí al decano degli Arunde un pacchetto che conteneva una dose di fattore L sufficiente per cento individui e per un anno; gli scrisse a parte una lunga lettera in cui gli spiegava minutamente il modo in cui il medicamento doveva essere somministrato, e lo pregava di estendere l'esperimento anche agli ospiti dei campi di ktan; ma non ebbe tempo di attendere la risposta, perché la Guardia Forestale gli aveva segnalato che una colonna di lemming si stava avvicinando rapidamente alla foce del Mölde, in fondo al fiordo di Penndal.

Non fu un lavoro agevole: Walter dovette ricorrere all'aiuto di quattro giovani assistenti, oltre a quello entusiasta di Anna. Fortunatamente il fattore L era solubile in acqua, e l'acqua era disponibile sul posto in abbondanza: Walter si proponeva di spargere la soluzione al di là del valico, dove l'erica cresceva folta, ed era da presumere che i lemming si fermassero a brucarla, ma si vide subito che il progetto non era realizzabile; l'area era troppo estesa, e le colonne di lemming già si stavano avvicinando, segnalate da alti turbini di polvere visibili a venti chilometri di distanza.

Walter decise allora di nebulizzare la soluzione direttamente sulle colonne, nel passo obbligato che stava immediatamente sotto il valico. Non avrebbe potuto agire sull'intera popolazione, ma riteneva che l'effetto sarebbe stato ugualmente dimostrativo.

I primi lemming si affacciarono al valico verso le nove di mattina; alle dieci la valle era già piena, e il flusso tendeva ad aumentare. Walter scese nella valle col nebulizzatore assicurato alla schiena; si appoggiò contro un masso ed aprí il rubinetto del propellente. Non c'era vento: dall'alto del costone Anna vide distintamente scattare la nuvola biancastra, allungata nel senso della valle. Vide la marea grigia arrestarsi turbinando, come l'acqua di un fiume contro il pilone di un ponte: i lemming che avevano inspirato la soluzione sembravano incerti fra il proseguire, il fermarsi e il risalire. Ma poi vide una massiccia ondata di corpi inquieti sovrapporsi alla prima, e una terza alla seconda, cosicché la massa ribollente giunse all'altezza della cintura di Walter; vide Walter fare rapidi gesti con la mano libera, gesti confusi e convulsi che le parvero di richiesta d'aiuto, e poi Walter barcollare, strappato al riparo del masso, cadere ed essere trascinato, sepolto e ancora trascinato, visibile a tratti come un rigonfiamento sotto il fiume delle piccole innumerevoli creature disperate, che correvano verso la morte, la loro morte e la sua morte, verso la palude e il mare non lontano.

Quello stesso giorno ritornò, respinto al mittente, il pacco che Walter aveva spedito oltre Oceano. Anna non ne venne in possesso che tre giorni piú tardi, quando già il corpo di Walter era stato recuperato: conteneva un laconico messaggio indirizzato a Walter « y a todos los sábios del mundo civil ». Diceva cosí: « Il popolo degli Arunde, presto non piú popolo, vi saluta e ringrazia. Non vi vogliamo offendere, ma vi rimandiamo il vostro medicamento, affinché ne tragga profitto chi fra voi lo vuole: noi preferiamo la libertà alla droga, e la morte all'illusione ».

I sintetici

Mezzogiorno era vicino: si percepiva già nell'aria quel rumore confuso ma specifico, somma di cento parole ed atti impercettibili, che sembra generato dalle stesse pareti delle aule scolastiche, va gonfiandosi come un vento, e culmina col campanello del finis; tuttavia, Mario e Renato erano ancora affaccendati sulle ultime righe del foglio. Mario mise il punto e si mosse per consegnare; Renato, con evidente intenzione, gli disse:

– Adesso consegno anch'io. Mi manca l'ultima domanda, ma non la so. Meglio in bianco che sbagliata.

Mario rispose sottovoce: – Fa' vedere... Non è mica difficile: su, scrivi. Confina a nord con l'Italia, l'Austria e l'Ungheria; a est con la Romania e la Bulgaria; a sud...

In quel momento, come un segno del cielo, il campanello suonò: il rumorio si mutò di colpo in un fracasso lacerante, attraverso a cui si udiva a malapena la voce della professoressa che esortava tutti a consegnare il compito, fosse finito o no. In un andirivieni confuso e turbolento, i ragazzi furono risucchiati dal corridoio e poi dalle scale, e in breve si trovarono in strada. Renato e Mario si avviarono verso casa: dopo pochi passi, si accorsero che Giorgio li stava rincorrendo. Renato si volse, e disse:

– Corri, salsiccia: sbrigati, che noi abbiamo fame...

beh, *io* ho fame: di questo qui, non si sa mai. Magari vive d'aria.

Mario non raccolse l'insinuazione, e rispose:

– No, oggi ho fame anch'io. Poi ho anche fretta.

Frattanto, Giorgio li aveva raggiunti, ed ansimava ancora un poco.

– Fretta perché? – chiese: – Non è mica tardi, e casa tua è qui vicino.

Mario rispose che non si trattava di fame né di ritardo, ma che nel pomeriggio aveva intenzione di andare per bruchi: a raccoglierli, perché quello era un giorno da bruchi, e quasi certamente sarebbero usciti. Giorgio chiese ridendo se i bruchi uscivano tutti i venerdí, e Mario rispose seriamente che ieri aveva piovuto e oggi c'era il sole, e per questo quei bruchi che interessavano a lui sarebbero venuti fuori. Renato, a differenza di Giorgio, ostentava indifferenza:

– Bruchi, pensa un po'! E quando li hai raccolti, cosa te ne fai? Li fai friggere?

Giorgio simulò un brivido di ribrezzo, e disse:

– Non mi ci far pensare, che è ora di pranzo.

Mario invece spiegò che intendeva allevarli: metterli in uno scatolino che aveva già preparato, e aspettare che si facessero il bozzolo. Giorgio era incuriosito:

– Tutti si fanno il bozzolo? Come fanno? Fanno presto? Quanto tempo ci mettono? E il bozzolo, è come quello dei bachi da seta? – Intanto, Renato fischiettava, e si guardava intorno come se non stesse a sentire.

– Non lo so, – rispose Mario: – appunto, voglio vedere come fanno: se è come sta scritto sui libri. Ho un libro sui bruchi.

– Me lo impresti?

– Sí sí: però poi me lo rendi.

– Ci puoi contare: sai bene che io i libri li rendo sempre... Senti: oggi potrei venire con te?

Mario fece un viso perplesso, o piuttosto il viso di uno che vuole apparire perplesso:

– Beh... non so ancora. Non so ancora da che parte andrò: dipende se mi lasciano prendere la bicicletta. Telefonami verso le tre.

Renato intervenne con acredine:

– Ma guarda che tipo. Hai tanta fretta e poi stai a casa fino alle tre: scommetto che magari fai già i compiti. Insomma, cosí ti sei fatto un discepolo, eh? Per raccogliere bruchi e metterli in uno scatolino: gran bel divertimento.

Giorgio accorse a difesa:

– Ebbene? A uno piace una cosa, e a un altro un'altra: non siamo mica tutti uguali. Anche a me interessano, per esempio.

Renato si fermò, rivolse agli altri due uno sguardo duro, poi scandí con calcolata lentezza:

– Volevo dire che è proprio un bel divertimento per uno come lui.

Mario non era un ragazzo dalle risposte pronte. Esitò un attimo, poi con voce smarrita domandò: – Come, per uno come me?

Renato fece un risolino, e Mario continuò:

– Io sono uno come gli altri: a te interessa la palla a volo, a Giorgio i francobolli, e a me i bruchi. E poi, mica solo i bruchi: lo sapete bene, anche fare fotografie, per esempio... – Ma Renato lo interruppe:

– Ma dài, non fare l'indiano! Tanto, tutta la classe se n'è già accorta.

– Accorta di che cosa?

– Si è accorta che... Insomma, che tu non sei fatto come gli altri.

Mario tacque, toccato sul vivo: era vero, quello era

uno dei suoi pensieri dominanti, a cui sfuggiva solo considerando e ripetendosi che nessuno è fatto come gli altri. Ma lui si sentiva «piú diverso», magari migliore, e spesso ne soffriva. Si difese debolmente:

– Che storie! Non so che cosa ti faccia venire in mente delle idee come questa. Perché non devo essere come gli altri?

Renato si era ormai montato alla collera virtuosa di chi scopre che il suo vicino ha trasgredito:

– Perché? E perché adesso fai l'innocente? Non sei stato tu, a raccontarci che tuo papà e tua mamma non hanno voluto sposarsi in chiesa? E che malattia hai avuto, l'anno scorso, che sei stato assente un mese, e quando sei guarito non parlavi con nessuno, e tua mamma è venuta a riaccompagnarti, e parlava fitto fitto con la professoressa, e se qualcuno si avvicinava cambiava argomento? Sono cose chiare queste, cose normali?

– Sono fatti miei. L'anno scorso ho avuto una malattia, e mi hanno dato delle medicine che poi di notte non potevo dormire, e allora mia mamma mi ha portato a fare degli esami. Capita a tanti: non c'è proprio niente di speciale.

– Già! E a ginnastica? Non l'ho mica visto solo io, che fai sempre in modo di spogliarti voltato verso il muro. E sai perché? Tu, Giorgio, lo sai il perché? – Si fermò, poi aggiunse solennemente: – Perché Mario non ha l'ombelico, eccolo il perché! Non te n'eri accorto anche tu?

Giorgio, consapevole di essere arrossito violentemente, rispose che sí, in effetti aveva osservato che a Mario non piaceva essere guardato quando si spogliava, ma non aveva dato importanza alla cosa. Aveva l'impressione di stare tradendo Mario, ma si sentiva soggiogato dalla sicurezza di Renato. A Mario tremavano le ginocchia per ira, paura e senso d'impotenza:

– Sono tutte bugie, tutte invenzioni stupide. Io sono fatto preciso come voi altri, come tutti, solo che sono un po' piú magro. E ve lo faccio vedere, se volete: anche subito!

– Bravo, qui in strada! Ma ti prendo in parola: martedí, a ginnastica, vedremo se hai coraggio. Vedremo chi dice la verità.

Mario era arrivato davanti al portone di casa: salutò brusco ed entrò. Gli altri due proseguirono: Giorgio taceva sopra pensiero. Era urtato, e insieme l'argomento lo affascinava:

– ... Ho detto di sí tanto per darti ragione... e poi sí, è un fatto che a Mario non piace farsi vedere spogliato... ma quella storia dell'ombelico io non l'ho capita. Dicevi sul serio, o solo per farlo arrabbiare? Cioè: ce l'ha o non ce l'ha proprio? E se non ce l'ha che cosa vuol dire? Chi è d'altro che non ce l'ha?

Renato disse:

– Ma insomma, non hai dodici anni? E non li leggi, i giornali? Non lo sai che l'ombelico è la cicatrice della nascita, cioè di quando un bambino nasce da una donna? Hai mai guardato bene quei dipinti dove si vede la creazione di Adamo? Ebbene, appunto, Adamo non era nato da una donna, e la cicatrice non ce l'ha.

– Va bene, ma da allora in avanti tutti i bambini nascono da una donna. È sempre stato cosí.

– E adesso non è piú cosí. Si vede proprio che i giornali non te li lasciano ancora leggere. Hai mai sentito parlare della pillola, e della provetta, e della siringa? Bene, è cosí che è nato Mario, e diversi altri come lui. Non è nato in un ospedale, ma in un laboratorio: l'ho visto una volta alla televisione. È in America, ma fra poco ne faranno uno anche qui da noi: è una specie di incubatrice, come quelle per i pulcini, con dentro tante provette, e i bambini stanno nelle provette; a mano a mano che crescono le cambiano, ne prendono di quelle piú grosse. Poi ci sono delle lampade ultraviolette e di diversi colori, se no i bambini riescono ciechi, e...

– Ma la pillola che c'entra? Non serve per non avere bambini?

Renato vacillò per un istante, ma si rimise subito in arcione:

– La pillola... sí, è un'altra faccenda: mi ero confuso. Ma anche lí mettono delle pillole nelle provette: rosse per avere dei maschi, e blu per avere delle femmine. Le mettono fin dal principio, nella prima provetta, insieme coi gameti. Insieme coi cromosomi, voglio dire: sai bene. È venuto anche sul giornale, nelle Cronache della Scienza: e hanno una specie di codice, insomma come un menú, dove i genitori, ma non sono proprio i genitori, insomma l'uomo e la donna che vogliono avere il figlio, scelgono gli occhi, i capelli, il naso e tutti i dettagli, se deve essere magro o grasso, e cosí via.

Giorgio ascoltava intento, ma, da ragazzo di buon senso qual era, badava a non farsi mettere nel sacco e a non lasciarsi contrabbandare fronzoli in soprannumero:

– E la siringa? Perché prima parlavi anche di siringa?

– Perché è tutto un sistema a base di siringhe. Una per prelevare i gameti, un'altra per il brodo di cultura, e tante altre ancora per tutti gli ormoni, una per ciascuno, e guai a incrociarle; è cosí che delle volte nascono dei mostri. Capisci bene che è un procedimento delicato. Poi, quando sono arrivati all'ultimo stadio, si rompe la provetta e si consegna il bambino ai genitori, e loro lo allevano, lo allattano eccetera come se fosse naturale; e infatti, è proprio uguale agli altri, solo che, appunto, non ha l'ombelico.

– ... come Mario. Ma sei proprio sicuro che non ce l'abbia?

Renato, avendo ormai persuaso se stesso, si sentiva padrone di una forza persuasiva illimitata:

– Fino a mezz'ora fa avevo solo dei sospetti, ma adesso sono sicuro. Non hai visto come è venuto rosso, quando gliel'ho detto cosí, in faccia? E che fretta ha avuto di andarsene? Per poco non piangeva.

– Si vede che in fondo se ne vergogna, – disse Giorgio in tono conciliante: – Poveretto, mi fa perfino un po' compassione: anch'io sono venuto rosso, prima; appunto, per compassione. Lui non ha mica colpa: non è lui che ha scelto di nascere cosí. Caso mai, sono i suoi genitori.

– Anche a me fa compassione, però con loro bisogna stare attenti. Capisci, sono uguali agli altri solo dal di fuori: se fai attenzione te ne accorgi anche tu. Vedi Mario, per esempio: facci caso, e vedrai che ha delle lentiggini diverse da qualunque altro, le ha perfino sulle palpebre e sulle labbra; ha sempre le unghie piene di quelle macchioline bianche che sai bene cosa vogliono dire; pronuncia la «r» in un modo che bisogna abituarsi prima per capirlo e per non ridere, e in generale ha un accento che lo riconosceresti fra mille. E poi, mi sai spiegare perché non fa mai a pugni, neanche per scherzo, e non sa nuotare, e ha imparato ad andare in bicicletta solo quest'anno, quando tu gli hai insegnato? Si capisce che fa bene a scuola, e che ricorda tutto a memoria!

Giorgio, che invece non aveva una grande memoria, chiese allarmato:

– E questo che cosa vuol dire?

– Vuol dire che ha una memoria magnetica, come le

calcolatrici: bel merito, se ricorda tutto! Non hai mai notato che, alla sera, gli luccicano gli occhi come ai gatti? Ecco, è la stessa luce degli orologi fosforescenti, che adesso appunto li hanno proibiti perché alla lunga fanno venire il cancro. Pensandoci bene, forse sarebbe meglio non stare in banco con lui.

– Allora tu perché ci stai?

– Perché non ci avevo ancora pensato. Poi io non ho certe paure, e Mario mi interessa. Mi interessa vedere quello che fa...

– ... e copiare da lui!

– Anche copiare i suoi compiti, certo. Che ci trovi di male?

Giorgio tacque confuso. La faccenda, a cui credeva solo a mezzo, tuttavia lo intrigava. Perché non parlarne con Mario stesso, cautamente, senza fare domande aperte?

Passarono due settimane, e Mario era cambiato: chiunque se ne sarebbe accorto. La professoressa terminò di spiegare Carlo Magno, penosamente consapevole di stare usando le identiche parole di cui si era servita nella stessa occasione in quegli ultimi otto anni; tentò, con scarsa fede, l'esperimento di somministrare ai ragazzi la leggenda del sogno e della caverna, e subito desistette; annunciò infine che quegli ultimi dieci minuti sarebbero stati impiegati in un rapido interrogatorio di ripasso. Tese l'orecchio ed aguzzò lo sguardo: se la scuola e il mondo fossero stati quali lei li vagheggiava, i ragazzi avrebbero dovuto rispondere come ad una lieta sfida; invece non si percepí che un fruscío misto di sospiri, di libri furtivamente aperti sotto i banchi e di maniche sollevate a scoprire i quadranti degli orologi: l'atmosfera e l'umore dell'aula si fecero leggermente piú foschi.

Giuseppe rese noto che i Re Fannulloni erano i discendenti di Clodoveo. Rodolfo, a domanda, rispose che Liutprando era un re, senza aggiungere altri desiderabili particolari: alle sue spalle si era levata una nube, quasi visibile, da cui irradiava lo stereotipo « re dei Longobardi », ma Rodolfo, o per alterigia, o per fair play, o per sordità, o per paura di complicazioni, non lo raccolse. Sandro non mostrò alcun ritegno nei riguardi di Carlo il Calvo: ne parlò con scioltezza per quaranta secondi buoni, come se si fosse trattato di un suo prossimo parente, usando tuttavia correttamente il passato remoto come è prescritto. Mario invece, contro ogni aspettativa, si inceppò: eppure lei era certa che Mario non poteva ignorare la (sostanzialmente futile) nozione, chi avesse vinto gli Arabi a Poitiers. Mario invece si era alzato in piedi, e con fredda insolenza aveva detto: « Non lo so ». Eppure, la sapeva la settimana avanti, e l'aveva perfino aggiunta, benché non richiesta, nel questionario scritto!

– Non lo so, – ripeté Mario, con lo sguardo fisso al pavimento: – L'ho dimenticato.

Ci sono certe regole di gioco, e lei aveva l'impressione che Mario stesse barando. Insistette:

– Su, pensaci: un ministro francese, anzi, un « maestro di palazzo »... che si ebbe, appunto per questa sua vittoria schiacciante, un curioso soprannome...

Sentí una voce, probabilmente quella di Renato, sibilare « Diglielo! Perché non lo dici? »; poi la voce di Mario, ostinata e gelida: « È inutile: l'ho dimenticato. Non lo so piú. Non l'ho mai saputo ». Poi molte voci, fra cui quella di Renato, che fischiavano: « Diglielo, diglielo! Perché non glielo dici? Tanto lo sa già: vuoi che non se ne sia accorta? Se glielo dici, è meglio per te! », e riempivano l'aria della classe, e la rendevano acre e soffocante. Sentí infine la sua propria voce, malferma e sforzata, che diceva qualcosa come « ... dimmi un po', Mario, che cosa ti succede? Sei cambiato, da un po' di tempo: sei distratto e svogliato. O solo un po' fannullone, come quei re di Francia? »; da ultimo, sul minaccioso sfondo sonoro della classe eccitata e inquieta, udí la voce ferma di Mario, che era rimasto in piedi: « Non sono cambiato. Sono sempre stato cosí ».

Sapeva che convocare Mario ad un colloquio a quattr'occhi era suo dovere, ed insieme la sola cosa giusta da fare; insieme, sentiva che qualcosa in lei temeva questo incontro, e cercava codardamente di rimandarlo. Quando quel giorno venne, si percepí curiosamente piú piccola rispetto al ragazzo: meno severa, meno seria, piú frivola, con meno peso addosso. Ma era una donna coscienziosa, e recitò la sua parte meglio che poté:

– ... proprio non capisco che cosa tu ti sia messo in mente. Non ti devi lasciar montare la testa, sei un ragazzo intelligente e capace, ti seguo ormai da due anni e so quanto vali. Non ti manca che un po' di attenzione: forse sei stanco? O non stai bene? O hai qualcosa a casa che non va?

Silenzio, e poi, come attraverso le fenditure di una visiera:

– No, no. Va tutto bene. Non sono stanco.

– ... o allora è qualcosa che ti hanno detto? Che ti hanno detto... qui? Ho visto che spesso Renato ti parla, e tu abbassi gli occhi. Forse ti umilia? o ti racconta delle fandonie? Ma saranno scherzi, sai pure, cose da ragazzi, senza importanza: non devi darci peso, facci su una risata e tutto torna come prima. Se la prendi cosí sul tragico, non fai che incoraggiarli a continuare.

Aveva sparato alla cieca, eppure aveva centrato il bersaglio: se ne accorse immediatamente. Mario era impallidito, ed aveva sollevato lo sguardo incontro al suo, col riconforto e la stanchezza di chi desiste da una lotta. Scollò le labbra con fatica e disse:

– Non sono fandonie. È vero. Io non sono come gli altri: è un pezzo che me ne sono accorto. – Rise timido: – Renato ha ragione.

– Non sei come gli altri perché? In cosa ti senti diverso? Se mai, sarai diverso in meglio: non vedo perché ti dovresti affliggere di questo. Se tu fossi l'ultimo della classe...

– Non è questo. Io sono diverso perché sono nato diverso. Nessuno ci può piú fare nulla.

– Sei nato... come?

– Sono sintetico.

Rimaneva il preside, per quello che un preside può soccorrere. Quello, nella fattispecie, era un galantuomo e un amico, ma un preside, anche il migliore, ha varcato una certa soglia e capisce solo certe cose. Le consigliò di aspettare e di stare a vedere: gran bel consiglio. E intanto Mario era lí fuori, nel corridoio, e a lei pareva di sentirne il cervello ronzare perduto, come un motorino in stallo: ronzare e battere e domandarsi e rispondere a vuoto. Chiese al preside il permesso di farlo entrare: il preside acconsentí con riluttanza, Mario entrò e si sedette come davanti al plotone d'esecuzione. Il preside si sentiva simile ad un attore di quart'ordine:

– Salute, Mario. Allora? Che cos'hai da raccontarci?

– Niente, – disse Mario.

– Niente... è troppo poco. Sul niente non si costruisce che il niente. Mi hanno riferito, vedi, di certe tue idee... di certe strane storie che ti devono avere raccontato... e mi stupisce, veramente mi stupisce che un ragazzo come te, un logico, un ragionatore, abbia potuto prestarvi orecchio. Che cosa mi sai dire, tu, su questo argomento?

– Niente, – disse Mario.

– Vedi, figliolo, io penso che tu (non solo tu, certo) ti sia riempita la testa. Che tu soffra per sovraccarico, insomma, come... una linea del telefono. Hai assorbito troppo dall'ambiente che ti circonda: dai libri, dai giornali, dalla televisione, dal cinema... e anche dalla scuola, sicuro. Sei d'accordo con me?

Mario taceva e guardava nel vuoto, come se neppure cercasse le parole di una risposta. Il preside continuò:

– Ma se non parli... se non mi aiuti ad aiutarti... non verremo a capo di nulla: ti avrò fatta un'altra lezione – rise nervoso – oltre a tutte le altre che già ti devi sorbire. ...Diverso: cosí ti senti diverso. Ma siamo tutti diversi, perbacco, e guai se non lo fossimo: c'è chi è nato per diventare uno scienziato, come te, vero? e chi invece sarà un buon commerciante, e chi è meglio si limiti a... a qualche lavoro piú modesto. Ognuno di noi può e deve fare qualcosa per migliorarsi, per coltivarsi, ma il terreno, la sostanza umana, è diversa per ognuno: sarà ingiusto ma è cosí, l'abbiamo ereditata dai nostri genitori e progenitori all'atto della nascita, e...

Mario interruppe con voce contenuta: – Va bene. È vero. Io però adesso dovrei andare.

Nel cortile, due squadre improvvisate giocavano a pallacanestro, con scarsa correttezza e molte grida e richiami; un altro gruppo, quasi fra i loro piedi, si arrangiava a condurre avanti una gara di salto in lungo, benché la fossa di sabbia fosse quasi vuota. In un angolo, Mario stava parlando, di fronte ad un manipolo di ascoltatori occasionali, non della sua classe, e piú sbalorditi che attenti. Mario diceva:

– ... adesso siamo pochi, ma poi saremo molti e comanderemo noi, e allora non ci saranno piú guerre. Sí, perché non combatteremo fra noi come capita adesso, e nessuno potrà assalirci perché saremo i piú forti. E non ci saranno differenze: noi non faremo piú differenze, bianchi, negri, cinesi, saranno tutti uguali, anche i Pellerossa, quelli che restano. Distruggeremo tutte le bombe atomiche e i missili, tanto non serviranno piú a niente, e con l'uranio che ne ricaveremo ci sarà energia gratis per tutti, in tutto il mondo: e anche da mangiare, gratis per tutti, anche in India, cosí nessuno morrà piú di fame. Faremo nascere meno bambini, in modo che ci sia posto per tutti: e tutti quelli che nasceranno nasceranno come noi.

– Nasceranno come? – chiese una voce timida.

– Come me. O anche per telefono, o per radio: un uomo telefona a una donna, e poi nasce un bambino, ma non cosí a caso come succede adesso, nasce pianificato... Beh? avete poco da guardarmi cosí: io sono uno dei primi, e forse per me i conti non li hanno fatti tanto bene; ma adesso stanno provando un sistema nuovo, e i bambini li calcolano come si fa coi ponti, cellula per cellula, e si possono fare su misura, alti e forti e intelligenti quanto uno vuole, e anche buoni, coraggiosi e giusti. Si possono anche fare che respirino sott'acqua come i pesci, oppure capaci di volare. Cosí nel mondo ci sarà ordine e giustizia e tutti saranno felici. Ma non credete: non sono mica solo. Senza andare tanto lontano di qui... la Scotti Masera. Prima lo sospettavo soltanto, ma adesso ne sono sicuro. Mi sembrava, cosí dalla pronuncia e dal modo di muoversi, e poi anche perché non si arrabbia mai e non alza la voce. Non arrabbiarsi è importante, vuol dire che si è raggiunto il controllo, o lo si sta raggiungendo. Quando il controllo è completo uno può anche stare senza respirare, non sentire il dolore, può ordinare al suo cuore di fermarsi... bene, mi sono accorto che è una dei nostri l'altro giorno, quando mi ha chiamato da parte.

– Cosí vecchia? – chiese Giorgio, facendosi largo fra l'uditorio che si era molto ingrossato.

– Non è poi tanto vecchia: e cosa c'entra, vecchio o non vecchio?

– C'entra sí, – spiegò Giorgio con pazienza: – non hai detto che è solo poco tempo che si sanno fare queste cose?

Mario lo guardò come se si fosse appena svegliato, ma si riprese subito:

– Non so, forse è meno vecchia di quanto sembra: ma può anche darsi che sia nata cosí.

– Come! Nata vecchia... voglio dire, anziana?

– Ho detto «nata» cosí per dire, voi mi capite: è stata *costruita* cosí, perché abbiamo fretta, non si può piú aspettare. Non c'è piú tempo da perdere: nel 2000 saremo dieci miliardi, capite, dieci: e se non si provvede finirà che ci mangeremo gli uni con gli altri. Ma anche se non si arrivasse a questo punto, ci saranno l'acqua e l'aria contaminate, in tutto il mondo: l'aria sarà diventata smog, anche in cima all'Everest, e l'acqua sarà preziosa perché le sorgenti si seccheranno. Tutto questo non è un'invenzione, ma sta già succedendo: per questo è indispensabile far nascere subito degli uomini anziani, degli ingegneri e dei biologi: non si può aspettare che siano cresciuti i bambini che nascono oggi, e che abbiano finito l'università. Ci vorrebbero trent'anni prima che potessero mettersi al lavoro. Ecco: è per questo che bisogna... che abbiamo bisogno subito di anziani.

Gli si parò davanti Renato, con le braccia levate, come se volesse arrestare un toro che carica. Infatti voleva farlo tacere, ed era pieno d'ira, e insieme di un oscuro timore:

– Smettila, buffone! Non raccontare storie, la Scotti non è né un ingegnere né un biologo, è soltanto una vecchia strega!

Mario rispose con voce tanto alta che in tutto il cortile i ragazzi si fermarono e si volsero verso di lui:

– Non è una strega. È una di noi: l'ho incontrata in corridoio, proprio ieri, e mi ha fatto il segno.

– Quale segno? – chiese Renato.

Mario non rispose subito: guardò Renato, e parve che qualcosa in lui si spegnesse. Lasciò penzolare le braccia, abbassò il capo; poi, con voce mutata, appena udibile, disse:

– Vai via, Renato: non ti posso vedere. Ecco, mi hai fatto parlare, e io ho parlato, e adesso sono tornato come tutti: come te, come uno di voi. Andate via, andate via tutti, lasciatemi solo –. Indietreggiò fino al muro, e scivolò via lungo il muro fino alla porta: Giorgio lo trovò poco dopo in un angolo della palestra, seduto in terra, col capo fra le mani, che piangeva con grossi singhiozzi.

Visto di lontano

NOTA IN BUONA FEDE: Ci è stato promesso che entro pochissimi anni, forse addirittura entro il corrente anno 1967, esseri umani porranno piede sulla luna, portandovi irreversibilmente i nostri meccanismi cellulari, le nostre infezioni e la nostra civiltà.

Al momento in cui questo avverrà, ed in cui il primo rapporto dei primi visitatori sarà pubblicato, verranno sbaragliate e rese vane tutte le fantasie, illustri e meno illustri, che le letterature di tutti i tempi hanno espresso sui Seleniti. Perciò, sarei lieto se il presente saggio venisse letto e inteso come un ultimo reverente omaggio a Luciano di Samosata, Voltaire, Swedenborg, Rostand, E. A. Poe, Flammarion ed H. G. Wells.

NOTA IN MALA FEDE: La decifrazione del presente Rapporto, che ci è pervenuto in grafia selenitica lineare B, ha offerto gravi difficoltà tecniche ai decodificatori dell'FBI a cui era stato affidato; si prega quindi il lettore di essere indulgente sulle sue incongruenze e lacune. Si avverte inoltre che, per ragioni di semplicità, nella trascrizione è sembrato opportuno adottare, per quanto possibile, unità di misura, datazioni e termini geografici terrestri equivalenti o corrispondenti alle espressioni contenute nell'originale.

Perciò, quando si parla ad esempio di città o di navi, occorre ricordare che esse sono « città » (ossia fitti agglomerati di abitazioni umane) e « navi » (ossia voluminosi oggetti galleggianti costruiti e pilotati dall'uomo) per noi, non per l'ignoto estensore del Rapporto: al quale le une e le altre apparivano sotto un aspetto assai meno rivelatore.

Rapporto

1. VALIDITÀ. Nel presente Rapporto si descrivono alcune variazioni e movimenti che sono stati osservati sulla superficie terrestre in tempo recente. Non si descrivono invece le variazioni e i movimenti la cui periodicità coincide con l'anno sidereo o col mese lunare, quali i cicli delle calotte polari, le variazioni di colore delle pianure e montagne, le maree, le variazioni di trasparenza dell'atmosfera ecc.: questi fenomeni sono noti da gran tempo, oggetto di numerosi rapporti precedenti, e certamente connessi con cicli astronomici. Perciò essi appaiono irrilevanti ai fini di ogni discussione circa la presenza di vita sulla terra.

2. CITTÀ. Per la descrizione, nomenclatura e collocazione delle principali Città e Porti, si rimanda al precedente Rapporto n. 8, del 15 gennaio 1876. Grazie al recente miglioramento del potere risolvente dei nostri mezzi ottici, si è osservato che la maggior parte delle Città è in fase di rapido accrescimento, e che l'atmosfera che le sovrasta tende a diventare sempre piú opaca, ricca di pulviscolo, di ossido di carbonio e di anidride solforosa e solforica.

Si è inoltre potuto stabilire che esse non sono semplici aree di colore diverso dal terreno circostante. Abbiamo osservato in molte di esse una « fine struttura »: alcune, ad esempio Parigi, Tokyo, Milano, posseggono un centro ben definito da cui irradiano sottili filamenti; altri filamenti circondano il centro a diverse distanze, con andamento circolare o poligonale. Altre Città, e fra queste tutti o quasi i Porti, presentano invece una struttura reticolare, costituita da filamenti tendenzialmente rettilinei ed ortogonali che suddividono l'area urbana in rettangoli o quadrati.

2.1. LUCE SERALE. A partire dal 1905-10 tutti i filamenti urbani accennati diventano improvvisamente luminosi poco dopo il tramonto locale del Sole. Piú precisamente: circa 30-60 minuti dopo il passaggio del terminatore i filamenti di ogni singola città si accendono in rapida successione; ogni filamento si illumina istantaneamente e le illuminazioni si succedono nel giro di 5-10 secondi. La luminosità dura per tutta la notte, e cessa di colpo circa 30 minuti prima del nuovo passaggio del terminatore. Il fenomeno, assai vistoso e attentamente studiato da molti osservatori, presenta caratteristiche di regolarità sorprendenti: per ogni singola città, si sono osservate interruzioni di luminosità solo una-due notti ogni mille, per lo piú in coincidenza con gravi perturbazioni atmosferiche nelle vicinanze, per cui non appare fuori luogo l'ipotesi che si tratti di un fenomeno elettrico.

Circa le alterazioni della Luce Serale durante il Periodo Anomalo, si veda il Punto 5. qui seguente. Al termine di detto periodo, il fenomeno ha ripreso a manifestarsi con la regolarità consueta: tuttavia, l'esame spettroscopico della luminosità urbana ha dimostrato che essa possedeva fin verso il 1950 in prevalenza uno spettro continuo (da incandescenza), mentre in seguito a quest'ultimo si vanno sovrapponendo con sempre maggiore intensità spettri a bande o a righe, del tipo di emissione da gas rarefatti o da fluorescenza.

Nell'inverno 1965-66 si è osservata una completa

estinzione nella Città di New York, benché il cielo fosse sereno.

2.2. ACCRESCIMENTO. Come accennato, molte Città appaiono in attivo accrescimento. Esso, in generale, rispetta la struttura del reticolo preesistente: le Città raggiate si accrescono lungo i raggi, le Città reticolari si accrescono con nuovi strati a reticolo ortogonale. L'analogia con l'accrescimento cristallino è evidente, e lascia supporre che le Città siano vaste zone della superficie terrestre caratterizzate da pronunciata cristallinità: del resto, ne abbiamo un esempio sulla Luna, nelle imponenti formazioni di ortoclasio ben cristallizzato che ricoprono vari ettari di terreno entro il circo di Aristarco.

L'ipotesi della natura cristallina delle Città è rafforzata dalla recente scoperta di strutture di forma regolare, da ascriversi apparentemente al sistema trimetrico, che si innalzano per varie centinaia di metri al di sopra del piano-città. Esse sono agevolmente osservabili durante i crepuscoli grazie alla loro ombra: hanno sezione rettangolare o quadrata, e in qualche caso è stato possibile assistere alla loro formazione, che avviene alla velocità di 10-20 metri al mese lungo l'asse verticale. È assai raro che esse si presentino al di fuori delle aree urbane. Alcune, in condizioni geometriche opportune, riflettono specularmente la luce solare, il che ha reso agevole la misura delle costanti cristallografiche.

Altri segni di ordinamento cristallino bidimensionale si possono forse ravvisare nelle strutture rettangolari di colori lievemente diversi che si osservano in molte pianure terrestri.

2.3. CRATERI ELLITTICI. L'esistenza di crateri ellittici (piú raramente circolari o semicircolari) entro alcune Città o nelle immediate vicinanze era già stata segnalata in rapporti precedenti. Essi si formarono lentamente (nel corso di cinque fino a quindici anni) in tempi anche molto antichi presso diverse Città della zona mediterranea; ma non risulta che siano stati osservati prima dell'ottavo secolo a. C. La maggior parte di questi crateri antichi è stata in seguito obliterata piú o meno completamente, forse per erosione o in conseguenza di catastrofi naturali. Negli ultimi sessant'anni numerosi altri crateri si sono formati con grande regolarità entro o presso tutte le Città di estensione superiore ai 30-50 ettari: le Città maggiori ne posseggono spesso due o piú. Non appaiono mai sui pendii, ed hanno forma e dimensioni molto uniformi. Piuttosto che a pianta propriamente ellittica, essi consistono di un rettangolo di circa 160 per 200 metri, completato sui due lati brevi da due semicirconferenze. La loro orientazione appare casuale, sia rispetto al reticolo urbano, sia rispetto ai punti cardinali. Che si tratti di crateri, è stato chiaramente riconosciuto dal profilo delle ombre crepuscolari: il loro bordo è alto 12-20 metri rispetto al suolo, scende a picco verso l'esterno, e verso l'interno con una pendenza del 50 per cento circa. Alcuni di essi, nella stagione estiva, emettono talvolta una lieve luminosità nelle prime ore della notte.

La loro origine vulcanica è ritenuta probabile, ma è oscuro il loro rapporto con le formazioni urbane. Altrettanto misterioso è il ritmo settimanale a cui i crateri stessi appaiono tipicamente soggetti, e che descriviamo nel punto seguente.

3. PERIODICITÀ NON ASTRONOMICHE. Un certo numero di fenomeni osservati sulla terra segue un ritmo di sette giorni. Soltanto i mezzi ottici di cui disponiamo da qualche decina d'anni hanno permesso di

mettere in rilievo questa singolarità, perciò non siamo in grado di stabilire se essa abbia origini recenti o remote, o se addirittura non risalga alla solidificazione della crosta terrestre. Non si tratta certamente di un ritmo astronomico: come è noto, né il mese (sinodico o sidereo) né l'anno (solare o sidereo) terrestri contengono un numero di giorni multiplo di sette.

Il ritmo settimanale è estremamente rigido. I fenomeni che chiameremo DSG (Del Settimo Giorno), e che interessano principalmente le città e i loro dintorni immediati, hanno luogo simultaneamente su tutta la superficie terrestre: al netto, beninteso, delle differenze di ora locale. Il fatto non è spiegato, né sono state proposte ipotesi veramente soddisfacenti: a titolo di curiosità segnaliamo che da alcuni osservatori è stata formulata la supposizione di un ritmo biologico. La eventuale vita (vegetale e/o animale) sulla Terra, che in questa ipotesi dovrebbe essere accettata come rigorosamente monogenetica, sarebbe soggetta ad un ciclo estremamente generale, in cui l'attività e il riposo (o viceversa) si succedono con periodi di sei giorni e un giorno.

3.1. ATTIVITÀ DSG DEI CRATERI. Come accennato, i crateri ellittici di cui al Punto 2.3. sono soggetti ad un ritmo settimanale.

Ogni sette giorni il loro contorno, che normalmente è biancastro, diviene grigio o nero nel giro di poche ore (generalmente nelle prime ore pomeridiane): conserva questa colorazione oscura per due ore circa, per riassumere poi in 15-20 minuti la tinta biancastra primitiva. Solo eccezionalmente il fenomeno è stato osservato in giorni diversi dal settimo. L'area interna dei crateri non presenta variazioni di colore apprezzabili.

3.2. ALTRE ATTIVITÀ DSG. Nelle prime ore diurne dei settimi giorni i filamenti urbani periferici (radiali) appaiono lievemente piú scuri. Nelle prime ore notturne successive, soprattutto nella stagione estiva, essi appaiono invece debolmente luminosi anche al di fuori del perimetro urbano: in particolari condizioni di angolatura, questa luminosità appare sdoppiata in due filamenti paralleli e contigui, uno di luce bianca ed uno di luce rossa.

Anche alcune porzioni di litorale marino sono soggette ad oscuramento DSG. Esso è stato osservato su litorali di peculiare colore giallastro, non troppo lontani da Città e non soggetti a grosse maree: ha luogo solo nelle stagioni e nelle località di maggiore insolazione, e dura da 2-4 ore dopo l'alba fino al tramonto locale. Su alcune delle spiagge in questione l'oscuramento, oltre che al settimo giorno, si osserva quotidianamente, per un periodo di 15-30 giorni che ha inizio un mese circa dopo il solstizio d'estate.

3.3. ANOMALIE DSG. In questi ultimi mesi è stato dimostrato che in alcune zone dell'Africa settentrionale, dell'Asia meridionale e dell'Arcipelago Malese i fenomeni DSG avvengono con due giorni di anticipo rispetto al resto della Terra, e con un solo giorno d'anticipo in una stretta striscia dell'istmo che congiunge l'Asia con l'Africa. Nelle isole Britanniche essi appaiono invece distribuiti fra il sesto e il settimo giorno.

4. PORTI E ATTIVITÀ PORTUALI. Si intendono per « Porti », come è noto, le Città situate sulle coste dei mari o di grandi laghi o fiumi. Per la definizione di questi ultimi concetti geografici si rimanda ai Rapporti precedenti: sia solo lecito ricordare che la natura liqui-

da di mari, laghi e fiumi è da ritenersi ormai confermata dall'esame polarimetrico dell'immagine solare che ne è riflessa, e che, date le condizioni di temperatura e di pressione esistenti sulla superficie terrestre, si ammette oggi universalmente che il liquido in questione sia l'acqua. I rapporti fra acqua, neve, calotte polari, ghiacciai, umidità atmosferica e nuvolosità sono stati descritti nel Rapporto n. 7, a cui rimandiamo.

Ci occuperemo qui in specie dei Porti marittimi; ricordiamo che già ai piú antichi osservatori non era sfuggito che essi sono sempre situati in insenature piú o meno profonde delle coste, e spesso alla foce dei fiumi. Tutti i fenomeni di cui sono sede le Città interne si notano anche nei Porti, ma in essi si svolgono inoltre attività specifiche di grande interesse.

4.1. NAVI. Indichiamo per semplicità col nome di « navi » particolari oggetti natanti di forma allungata che i moderni mezzi ottici hanno permesso di distinguere. Si spostano nell'acqua longitudinalmente con velocità assai varie, ma raramente superiori ai 70 km/ora; la loro lunghezza massima è di circa 300 metri, la minima è inferiore al potere risolvente dei nostri strumenti (circa 50 metri).

La loro importanza è fondamentale: sono i soli oggetti che si vedano materialmente spostarsi sulla superficie terrestre, se si eccettuino i frammenti di ghiaccio che si vedono spesso staccarsi dalle banchise polari. Ma mentre i movimenti di questi ultimi sono lenti e appaiono casuali, i moti delle navi sono soggetti a interessanti singolarità.

4.1.1. MOTI DELLE NAVI. Le navi si distinguono in periodiche ed aperiodiche. Le prime compiono percorsi fissi di andata e ritorno fra due Porti, spesso sostando qualche ora in Porti intermedi: è stata notata una grossolana proporzionalità fra le loro dimensioni e la lunghezza del percorso. Non sostano che eccezionalmente in mare aperto: si spostano con velocità assai costante per ogni nave, sia di giorno, sia di notte, e il loro percorso è assai prossimo alla via piú breve fra i punti di partenza e di arrivo.

Emanano di notte una lieve luminosità; talora sostano nei Porti per qualche mese.

Anche le navi aperiodiche si spostano fra porto e porto, ma senza regolarità apparente. Le loro fermate sono di solito piú lunghe (fino a 10 giorni); alcune di esse vagano irregolarmente in mare aperto, o vi sostano a lungo. Non sono luminose, e mediamente sono meno veloci. Nessuna nave viene a contatto con la terraferma al di fuori dei Porti.

4.1.2. GENESI E SCOMPARSA DELLE NAVI. Tutte le navi si formano in relativamente pochi punti fissi, tutti situati entro Porti piccoli o grandi. Il processo di formazione dura da qualche mese a uno-due anni: pare che avvenga per accrescimento trasversale a partire dall'asse maggiore, che si forma in un primo tempo. La vita delle navi è da 30 a 50 anni; normalmente, dopo una sosta piú o meno lunga in un Porto, che talvolta è quello di origine, sembrano soggiacere a un rapido processo di disintegrazione o decomposizione. In rari casi sono state viste sparire in mare aperto; su tale argomento si veda però il Punto 5.

4.1.3. IPOTESI SULLA NATURA DELLE NAVI. È escluso oramai che si tratti di blocchi galleggianti di pomice o di ghiaccio. Merita attenzione una recente audace teoria secondo cui esse non sarebbero che animali acquatici, intelligenti quelle periodiche, meno intelligenti (o meno dotate di istinto d'orientamento) le altre. Le prime si alimenterebbero a spese di qualche materiale o specie vivente reperibile nei Porti, le altre, forse, a spese di navi piú piccole (a noi invisibili) in mare aperto: però, secondo alcune osservazioni, esse manifesterebbero un tropismo per gli idrocarburi.

Molte navi aperiodiche, infatti, frequentano Porti situati in zone ove l'atmosfera rivela tracce di metano e di etano. Ancora nei Porti avrebbe luogo il ciclo riproduttivo di entrambe le varietà, per ora a noi oscuro.

4.2. PORTI TERRESTRI. Presso molte Città si scorgono aree denominate « Porti terrestri », e caratterizzate da un particolare schema di filamenti di colore grigio, luminosi di notte: si tratta di uno o piú rettangoli larghi 50-80 metri e lunghi fino a 3000 metri e piú. Dall'uno all'altro Porto terrestre sono stati osservati spostamenti di singolari oggetti costituiti da una lunga nuvola bianca in forma di triangolo isoscele allungato, il cui vertice avanza a velocità di 800-1000 km/ora.

5. PERIODO ANOMALO. Si suole indicare con questo nome il periodo 1939-45, che è stato caratterizzato da numerose deviazioni dalla norma terrestre.

Come si è accennato, in gran parte delle Città è apparso perturbato o interrotto il fenomeno della luce serale (2.1.). Anche l'accrescimento è apparso assai rallentato o nullo (2.2.). L'oscuramento DSG dei crateri è stato meno intenso e regolare (3.1.); cosí pure l'oscuramento litoraneo (3.2.); sono scomparsi la luminosità DSG dei filamenti urbani (3.2.), dei crateri (2.3.) e delle navi periodiche (4.1.1.).

Il ritmo pendolare di queste ultime (4.1.1.) è apparso gravemente perturbato; è invece aumentato il numero e la mole delle navi aperiodiche, come se queste avessero sopraffatto le prime. Il fenomeno (4.1.2.) della scomparsa improvvisa di navi in mare aperto, normalmente assai raro, si è verificato con grande frequenza: sono state contate non meno di 800 sparizioni, avvenute in tempi variabili da 4 minuti a molte ore, ma, data l'incompletezza delle osservazioni, e l'impossibilità di controllare ad ogni istante piú della metà della superficie terrestre, questa cifra va moltiplicata certamente per due, e probabilmente per un fattore piú elevato.

Alcune sparizioni di navi sono state precedute da intensi ma istantanei fenomeni luminosi; altri fenomeni analoghi si sono notati nello stesso periodo in varie regioni terrestri, in specie in Europa, in Estremo Oriente, e lungo la costa settentrionale dell'Africa. La fine del Periodo Anomalo è stata segnata da due esplosioni assai vivaci, avvenute entrambe in Giappone a due giorni di distanza l'una dall'altra. Altre simili, o piú forti, sono state osservate nei dieci anni successivi su vari isolotti del Pacifico e in una ristretta regione dell'Asia centrale: nel momento in cui scriviamo il fenomeno appare estinto o latente.

Procacciatori d'affari

Il luogo era piacevole, luminoso e gaio: la luce, che proveniva attenuata da tutte le direzioni, era biancoazzurra e tremolava leggermente. Le pareti erano bianche ed opache, e si perdevano verso l'alto in un bagliore indistinto. Anche i pilastri erano bianchi: lisci e cilindrici, si raccordavano col soffitto a vôlta appena visibile.

S., in camice bianco, stava seduto su di un alto sgabello davanti al tavolo da disegno. Era molto giovane, quasi un ragazzo, e stava tracciando sul foglio uno schema complicato, fatto di lunghe linee diagonali che si irradiavano da un punto situato in basso a sinistra, e convergevano con eleganza ordinata verso un altro punto, che per effetto di prospettiva appariva al di là del foglio, in estrema lontananza. Il foglio era giallognolo e l'inchiostro bruno: il disegno era fitto di cancellature, e di parole e frasi esplicative scarabocchiate alla svelta, come nella fretta di non farsi sfuggire un'idea. Tavolo e sgabello erano al centro del pavimento, assai lontani dalle pareti, e il pavimento era vuoto. S. lavorava intento, ma senza continuità: alternava scatti di attività intensa con pause in cui sembrava raccogliersi dietro ad un pensiero, o forse distrarsi.

Suonò lontano un campanello, ma S. non lo udí e continuò nel suo lavoro. Dopo una decina di secondi il campanello suonò di nuovo: S. levò il capo per un attimo e poi riprese a disegnare. Al terzo squillo, che fu piú insistente, S. sospirò, posò la matita, scese dallo sgabello e si avviò verso il fondo della sala: la sua figura apparve minuta rispetto ai vasti riquadri del pavimento, ed il suo passo risuonò a lungo sotto le vôlte silenziose. Percorse ampi corridoi ed entrò nella saletta di ricevimento: questa era piccola, e col soffitto talmente basso che lo si poteva toccare con la mano. Qui lo attendevano un giovane robusto, una donna bionda e bella di mezza età, ed un uomo magro dai capelli brizzolati: stavano in piedi presso il tavolo, ed il giovane reggeva per il manico una valigetta. S. si arrestò un attimo sulla soglia, come contrariato; poi si riprese, e disse: – Si seggano, prego –. Sedette, e i tre lo imitarono. S. era infastidito per aver dovuto interrompere il suo lavoro. Disse: – Che cosa desiderano? –; poi notò la valigetta che il giovane aveva posata sul tavolo, ed aggiunse deluso: – Ah, ho capito.

Il giovane non si perse in preamboli. Aperse la valigia, e disse:

– No, guardi, è meglio evitare gli equivoci fin dal principio. Noi non siamo degli assicuratori, e neppure siamo venuti fin qui per vendere: o per meglio dire, non per vendere merce. Siamo dei funzionari.

– Allora, siete voi quelli che vengono per...

– Proprio cosí, lei ha indovinato.

– E che cosa mi proponete?

– La Terra, – rispose il giovane, ammiccando cordiale: – Noi siamo specialisti della Terra, sa bene, il terzo pianeta del Sistema Solare. Un bel posto, del resto, come cercheremo di dimostrarle, se lei ce lo permetterà –. Colse una lieve esitazione nello sguardo di S., e soggiunse: – È sorpreso? Non ci aspettava?

– Sí, veramente... un certo movimento mi era parso di averlo visto, in questi ultimi tempi. Erano corse delle voci, si era visto sparire qualche collega, cosí, in silenzio, senza preavviso. Ma... ecco, non sono pronto. Non mi sento pronto: non ho fatto nessun calcolo, nessun preparativo. Sa bene come succede, quando non c'è una scadenza: si preferisce lasciar passare i giorni, e restare cosí, nel vago, senza prendere decisioni.

Il giovane intervenne con efficienza professionale:

– Ma certo, non si preoccupi. È normale, capita quasi sempre cosí: è ben difficile trovare un candidato che ci riceva con un bel sí o un bel no. Del resto lo si comprende bene: è impossibile farsi un'opinione cosí, in solitudine, senza testimonianze, senza una documentazione seria. Ma noi siamo qui appunto per questo: se vorrà prestarci ascolto per un momento... no, non le porteremo via molto tempo: anche se voialtri... via, di tempo ne avete tanto. Non come noi, che andiamo sempre di fretta, eppure non dobbiamo mai darlo a vedere, se no, che affari potremmo concludere?

Mentre parlava, il giovane frugava nella valigia: ne trasse diverse immagini della Terra, alcune di tipo scolastico, altre riprese da grande altezza, o da distanze cosmiche. Le mostrò ad S. una per una, illustrandole con tono professionale e concreto:

– Ecco qui. Come le accennavo, noi ci occupiamo della Terra, e in specie del Genere Umano. I tempi duri sono passati da un pezzo: oramai è un pianeta bene attrezzato, anzi confortevole, con scarti di temperatura che non superano i 120° C fra il massimo e il minimo assoluto, e una pressione atmosferica praticamente costante nel tempo e nello spazio. Il giorno è di 24 ore, l'anno di 365 giorni circa, c'è un grazioso satellite che provoca maree moderate ed illumina gentilmente le notti. È molto piú piccolo del Sole, ma è stato intelligentemente posizionato in modo da avere lo stesso diametro apparente di questo: si ottengono cosí delle eclissi di sole molto apprezzate dagli intenditori, ecco, ne guardi qua una, con visione completa della Corona. C'è poi un oceano d'acqua salata progettato senza economie, eccolo qui, vede? Ora glielo mostro in moto.

Nel riquadro della fotografia, che rappresentava una vasta marina di fronte ad una costa sabbiosa estesa fino all'orizzonte, le onde si misero docilmente in movimento.

– In fotografia non figura tanto, ma è uno degli spettacoli terrestri piú suggestivi. So di nostri clienti che, anche avanti con gli anni, si trattengono per ore a contemplare le onde, questo ritmo eterno, sempre uguale e sempre diverso: dicono che vale il viaggio. È peccato che noi si abbia cosí poco tempo libero, se no... Ah, dimenticavo di dirle che l'asse terrestre è inclinato sull'eclittica di un piccolo angolo, eccolo qui.

Trasse dal mucchio un'immagine schematica della Terra, con meridiani e paralleli: ad un suo comando, la Terra prese a girare lentamente.

– Con questo semplice artifizio si è ottenuta una gradevole varietà di clima su buona parte del pianeta. Infine, disponiamo di un'atmosfera assolutamente eccezionale, unica nella galassia, e non le dico quanta fatica e quanto tempo ci è costata: pensi, piú del 20 per cento d'ossigeno, una ricchezza inestimabile, e una fonte di energia che non andrà mai alla fine. Sa, si fa presto a dire petrolio qui, carbone là, idrogeno, metano. Conosco dei pianeti che ne sono pieni, di metano: pieni che versano. Ma senza ossigeno, cosa se ne fanno? Beh, basta, non sta bene sparlare dei prodotti della concorrenza. Oh, mi scusi, mi sono un po' lasciato trascinare dall'argomento e ho dimenticato le buone creanze.

Trasse di tasca un biglietto da visita, e lo porse a S.:

– Ecco, questo sono io, mi chiamo G., e mi occupo dell'inquadramento generale; questi sono i miei assistenti, la nostra signora B., che la intratterrà sulle questioni di relazioni umane, e il collega R., che risponderà alle sue domande di natura storica e filosofica.

La signora B. sorrise e chinò il capo; il signor R. si alzò in piedi e fece un inchino compassato. Entrambi porsero ad S. il loro biglietto.

– Molto lieto, – disse S.: – Sono a vostra disposizione. Ma senza impegno, non è vero? Non vorrei che...

– Può stare tranquillo, – disse G.: – Con questo colloquio lei non contrae con noi alcun impegno, e noi, da parte nostra, cercheremo di evitare qualsiasi costrizione sulla sua scelta. Esporremo i nostri dati nel modo piú obiettivo ed esauriente. Tuttavia abbiamo il dovere di avvisarla: non ci sarà una seconda visita. Lei capisce certamente, i candidati sono tanti, e noi, a fare questo mestiere di infilare anime nei corpi, siamo molto pochi. Non è un mestiere facile, sa: dà delle grandi soddisfazioni, ma pochi riescono. Cosí, la nostra giornata è piena, e salvo rare eccezioni non possiamo visitare due volte lo stesso candidato. Lei vedrà, giudicherà, e prenderà la sua decisione in libertà piena: ci dirà sí oppure no, e ci lasceremo in ogni caso da buoni amici. Ed ora possiamo incominciare.

G. trasse dalla valigia un altro pacchetto di immagini, lo porse ad S., e continuò:

– Questo è il nostro campionario: la nostra forza è tutta qui. È materiale aggiornatissimo, di piena fiducia: pensi che lo rinnoviamo ogni sei mesi.

S. sfogliò le immagini con curiosità: erano splendide figure, dai colori smaglianti ed armoniosi. Rappresentavano in buona parte magnifici esemplari umani: donne giovani e bellissime, uomini atletici dal sorriso un po' fatuo, che si muovevano lievemente nel riquadro, come impazienti di entrare in azione.

– Sono gli uomini, questi?

– Uomini e donne, – rispose G.: – Lei conosce la differenza, vero? È piccola ma fondamentale. ...Una giovane polinesiana... un cacciatore senegalese... una impiegata di banca di Los Angeles... un pugile australiano...: vogliamo vederlo in combattimento? Ecco: guardi che scatto, che potenza: sembra una pantera. ...Una giovane madre indiana...

In quel pacchetto d'immagini la giovane madre indiana ci doveva essere entrata per errore: infatti, il suo aspetto era poco gradevole. Era scheletrita dalla fame, e reggeva al seno un bimbo denutrito, dal ventre gonfio e dalle gambe come stecchi. G. ritirò prontamente l'immagine, prima che S. facesse domande, e la sostituí con quella di una studentessa danese, bionda e mirabilmente formosa. S. considerò il foglio con attenzione, e poi chiese:

– Nascono già cosí? Voglio dire: cosí bene sviluppati?

Intervenne sorridendo la signora B.:

– Eh no, c'è una crescita, evidentemente: nascono molto piú piccoli, e secondo me anche molto piú graziosi –. Si rivolse a G.: – Mi cerca una delle sequenze di crescita, per favore?

Dopo qualche attimo di ricerca (non sembrava che il contenuto della valigia fosse molto ordinato), G. cavò fuori un'immagine e la porse alla signora, che a sua volta la presentò ad S.; rappresentava un giovanotto dalla muscolatura talmente sviluppata da essere quasi mostruosa: era in piedi, nudo, con le gambe divaricate, le mani a pugno levate sopra le spalle ed i bicipiti prominenti, e sorrideva con un sorriso da belva. Ad un tratto, senza mutare posizione ma solo rimpicciolendo, il giovane si trasformò in un adolescente, poi in un ragazzo, in un bambino, in un infante, in un neonato, tutti sorridenti e tutti splendidamente nutriti. La signora B. disse dolcemente a G.:

– No, nell'altro senso, se non le spiace, e un pochino piú piano.

Nelle mani di S. si svolse regolarmente la metamorfosi inversa fino all'atleta originario, che infine salutò calorosamente S. stringendosi le mani al di sopra del capo.

– Ecco, – disse la signora B., – cosí mi sembra abbastanza chiaro. È lo stesso individuo a un mese, a un anno, a sei, a quattordici, a diciotto e a trenta.

– È interessante, – ammise S.: – Per le donne avviene lo stesso, immagino?

– Certo, – rispose la signora. – Vuole vedere la sequenza?

– No, non si disturbi: se è lo stesso, non occorre. Piuttosto, vorrei sapere come vanno le cose prima e dopo. Si continua a crescere?

– A crescere proprio, no: ma avvengono altri mutamenti che è difficile rendere in immagine. C'è un certo decadimento fisico...

Qui accadde un altro incidente: mentre la signora B. pronunciava le parole « decadimento fisico », l'immagine nelle mani di S. fu sostituita da quella di un uomo maturo e calvo, poi da quella di un uomo anziano obeso e pallido, infine da quella di un vecchio cadente. La signora ripose vivamente la foto nella valigia, e proseguí disinvolta:

– ... che però è compensato da una maggior prudenza ed esperienza di vita, e spesso da una grande serenità. Ma è il « prima » che è estremamente interessante.

Si rivolse a G. e chiese:

– Abbiamo qui qualche nascita?

– No, signora: sa bene, nascite e amplessi non possiamo farne vedere –; poi continuò, rivolto ad S.:

– Non che ci sia sotto nulla di meno che lecito, ma si tratta di un procedimento peculiare, di una tecnologia unica nel suo genere, e talmente ardita che in un nonnato come lei potrebbe provocare un certo turbamento, magari anche solo a livello subconscio. Mi scusi, ma sono queste le nostre istruzioni.

– ... Ma possiamo mostrargli il campionario delle coppie, non è vero? – intervenne con calore la signora B.

– Certo, – riprese G.: – È entusiasmante, vedrà. Come sa, il maschio e la femmina, nel nostro caso l'uomo e la donna, sono strettamente complementari, non solo morfologicamente; perciò la condizione coniugale, o comunque di vita a due, è il presupposto basilare per la pace dello spirito. Del resto, guardi qui: è una documentazione che si spiega da sé. Guardi questa coppia... quest'altra, in barca... questi altri due: quei prismi rosei sullo sfondo sono le Dolomiti, un gran bel posto, ci sono stato in ferie l'anno passato; ma andarci da soli è scipito. Questi sono due fidanzati congolesi... non sono graziosi? Questi sono due coniugi di una certa età...

Intervenne qui la voce calda, un po' rauca, della signora B.:

– Creda, noi di queste cose abbiamo ormai una vecchia esperienza, e le possiamo garantire che la vera grande avventura terrestre è proprio questa, trovarsi un partner di sesso diverso e vivergli insieme, almeno per qualche anno, ma se possibile per tutta la vita. Non ci rinunci, sa: e se le accadrà di nascere femmina, non trascuri di farsi fecondare, appena le si presenti un'opportunità ragionevole. L'allattamento, poi (eccolo qui, guardi), crea un legame affettivo talmente dolce e profondo, talmente... come dire? ... pervasivo, che è difficile descriverlo senza averlo provato.

– E... lei lo ha provato? – chiese S., che in effetti si sentiva un poco turbato.

– Certo. A noi funzionari la licenza ce la dànno solo se possiamo esibire un curriculum terrestre completo.

Il signor G. interloquí:

– Anche nascere uomo, beninteso, presenta dei vantaggi: anzi, vantaggi e svantaggi si compensano a un punto tale che le scelte, in tutti i tempi, si sono sempre distribuite fra i due sessi con singolare equilibrio. Vede questa tabella, e questo grafico con T in ascissa? Cinquanta e cinquanta, a meno di decimali.

G. trasse di tasca un pacchetto di sigarette, e le offrí in giro; poi si appoggiò all'indietro contro lo schienale della seggiola e disse:

– Che ne direste di una piccola pausa?

Ma doveva proprio essere afflitto da un irresistibile bisogno di attività, poiché, invece di distendersi, andava frugando nella valigia, e in breve ne cavò fuori alcuni oggetti che dispose sul tavolo davanti ad S.:

– Questo non è servizio: è una mia iniziativa privata, una collezione che ho l'abitudine di portarmi sempre dietro. A mio parere, sono oggetti che dicono parecchio: potranno aiutarla a farsi un'idea di quello che incontrerà. Questa, per esempio, è una penna a sfera: costa solo cinquanta lire, e ci si scrivono centomila parole senza fatica e senza sporcare in giro. Queste sono calze di nailon: guardi che leggerezza! Si portano per anni, e si lavano in un attimo. Questa... no, non è un manufatto, è una scatola cranica: vede quanto è sottile e robusta? Non porto con me altri esemplari anatomici, perché sono piuttosto deperibili: ma guardi questa, è una valvola mitrale in plastica, sí, una valvola cardiaca. Un gioiello, vero? e poi, dà una grande tranquillità. E questo è detersivo: ci si fa il bucato in un momento.

– Scusi se interrompo, – disse S., – vuole farmi rivedere un momento una delle ultime... Sí, quella dei fidanzati congolesi, e queste altre... Non hanno tutti la pelle dello stesso colore, vero? Credevo che gli uomini fossero tutti uguali.

Intervenne il signor R., che fino a quel momento era rimasto in silenzio:

– Sostanzialmente lo sono: si tratta di differenze trascurabili, senza alcun significato biologico. Non abbiamo qui con noi esempi di coppie miste, ma ce ne sono in abbondanza, e sono feconde quanto le altre, se non di piú. Non è che una questione... epidermica, appunto: di pigmentazione. La pelle nera protegge meglio i tessuti dai raggi ultravioletti del sole, e cosí è piú adatta per gli individui che vivono ai tropici. Ce n'è anche di gialli, qua e là.

– Ah, ho capito. Sono delle varietà, allora: sono intercambiabili, è cosí? Come due bulloni con lo stesso filetto?

R. e la signora B. si volsero a G. con esitazione. G., un po' meno gioviale di prima, disse:

– Non è nostra abitudine dipingere tutto in rosa, e non è neppure questo il nostro compito. Ecco, non è che tutto vada sempre liscio: qualche questione c'è stata e c'è ancora. Non si tratta di cose molto gravi, nella maggior parte dei casi ciascuno vive per conto proprio, oppure bianchi e negri si incrociano e il problema cessa di esistere. Ma ci sono, sí, ci sono dei casi di tensione, con qualche vetro rotto, magari anche qualche osso rotto. Infine, non tutto sulla Terra è programmato, un margine di libertà (e quindi d'imprevedibilità) esiste; il tessuto ha qualche smagliatura, non possiamo negarlo. Tutto compreso, direi che oggi è forse meglio nascere bianchi, ma è una questione transitoria, penso che fra un secolo o due non se ne parlerà piú.

– Ma sa bene, è adesso che io dovrei nascere, no?

G. stava per rispondere, ma R. si intromise:

– Certo; se le sta bene, anche domani: il tempo di fare le carte. Noi non siamo dei burocrati, ci piacciono le cose spicce.

– No, vorrei pensarci su un momento. Non sono tanto convinto. Non mi va, questa faccenda che si nasca diversi: non può portare che guai.

R. rispose, in tono un po' sostenuto:

– Capisco quello che lei vuole dire. Ma, prima di tutto, i negri sono pochi, e perciò la probabilità di nascere negro è scarsa; poi, non tutti nascono nelle zone d'attrito, di modo che questi sono una minoranza nella minoranza. Insomma, non c'è gioco senza rischi, e qui il rischio è molto piccolo.

Pareva che S. fosse molto sensibile su questo argomento, o forse qualcuno lo aveva influenzato in precedenza: educatamente, ma con recisione, espresse il desiderio di vedere ancora qualcosa, le immagini di qualche situazione tipica.

– Volentieri, – rispose G.: – Qui c'è tutto, il bello e il meno bello. Non saremmo onesti se la nostra documentazione non fosse completa, non le pare? Ecco, guardi qui: questa è una dimostrazione pacifica...; questo è un esperimento di scuola integrata...; questo è l'equipaggio di una nave mercantile, vede? lavorano insieme...

Mentre G. parlava, S. si era spostato cautamente verso la valigia; ad un tratto, sorprendendo i tre funzionari, si impossessò di una foto che rappresentava un conflitto fra negri e polizia: in primo piano c'era un poliziotto con la pistola puntata. Chiese:

– E questa? Che cosa rappresenta?

Lievemente urtato, G. rispose:

– Senta, lei però non dovrebbe comportarsi cosí.

Noi facciamo il nostro mestiere, finalmente, e lei ci dovrebbe lasciar lavorare a modo nostro. Teniamo in ugual misura all'obiettività ed al successo, lei ci deve capire: lí dentro ci sono anche cose riservate, documenti che servono a tutt'altro scopo. Perciò, mi perdoni, ma la scelta spetta a noi. ... Bene, ormai lo ha visto: sí, è un conflitto in strada, delle volte succede, gliel'ho detto che non siamo venuti a seminare illusioni. Succede, per ragioni territoriali, o di rango, o di pura aggressività, come in tutto il regno animale; succede sempre meno, questo...

Per un attimo, l'immagine in mano ad S. fu sostituita da un'altra: si vedeva un palco, una forca, un uomo incappucciato e un negro appeso.

– ... questo per esempio non si è visto piú da un pezzo, ma succede, sí.

S. stava scrutando attentamente l'immagine: ne indicò un particolare, e chiese: – E questo, che cos'è?

– È una pistola, ecco quello che è, – rispose G. di malumore: – Guardi, spara: è contento adesso?

Sempre fra le mani di S., l'immagine si animò per un istante: il poliziotto sparò e il negro fuggí barcollando fuori del riquadro, poi tutto si fermò nuovamente.

– Che ne è stato? – chiese S. ansiosamente.

– Di chi?

– Di quello che era qui prima. Quello che è stato colpito, il negro.

– Santa pazienza! Come posso saperlo? Non le conosco mica tutte a memoria: poi, ha visto, è uscito dal quadro.

– Ma è... è morto?

G., imbarazzato e corrucciato, tolse l'immagine dalle mani di S. e la ripose senza rispondergli. Parlò in sua vece R.:

– Lei non si deve lasciare impressionare da un caso

singolo, di cui, per di piú, lei è venuto a conoscenza in un modo tutt'altro che regolare. L'episodio che ha visto è di carattere marginale: non sono mica cose che avvengono tutti i giorni, se no si starebbe freschi. Ammetterà che, per farsi un giudizio, è molto piú utile soffermarsi sulle situazioni generali, tipiche: un istante, per favore.

Cercò nella valigia, e mostrò ad S. tre immagini. Nella prima, sullo sfondo di un sereno cielo crepuscolare, si vedeva un gruppo di giovani contadine rincasare cantando lungo un sentiero. Nella seconda, un corteo di sciatori scendeva per un ripido pendio illuminato dalla luna, ed ognuno reggeva una fiaccola accesa. Nella terza si vedeva l'ampia sala di una biblioteca, in cui vari giovani studiavano assorti; S. si soffermò a guardarla con attenzione:

– Un momento: me la lasci vedere ancora un momento. È interessante, questa: è quasi come qui. Stanno studiando, non è vero?

– Sí, pare di sí, – rispose G.

– Che cosa studiano?

– Non lo so, ma si può vedere. Aspetti.

Ad uno ad uno diversi studenti vennero centrati nel riquadro e successivamente ingranditi, cosicché si poterono distinguere i libri che rispettivamente avevano davanti. Benché fosse inutile, G. commentò:

– Questo, per esempio, studia architettura. Questa ragazza si prepara per un esame di fisica teorica. Quest'altro... aspetti, che lo vediamo un po' piú da vicino: cosí non si distingue bene... sa, senza illustrazioni è piú difficile. Ecco: studia filosofia, anzi, storia della filosofia.

– Ah. E che cosa gli succede dopo?

– Dopo che?

– Dopo che ha finito di studiare: o studia tutta la vita?

– Anche questo non lo so. Gliel'ho detto, è già tanto se ci riesce di ricordare tutte le immagini che ci portiamo dietro: come può pensare che cosí, su due piedi, noi le possiamo raccontare il perché e il percome, il prima e il dopo, le cause e gli effetti di tutto il nostro listino?

S. si stava rivelando per quello che era: un ragazzo educato, ma dalla testa dura. Insistette cortesemente:

– Perché non lo fa muovere? cosí come ha fatto prima?

– Se proprio ci tiene possiamo provare, – rispose G.

Nel riquadro l'immagine si confuse in un formicolio di macchioline e di righe colorate, che poco dopo si coagularono in una nuova figura: l'ex studente stava seduto dietro lo sportello di un ufficio postale. – Un anno dopo, – disse G.; seguí un nuovo breve formicolio, G. disse: – Due anni dopo, – e si vide la stessa immagine, da un angolo un po' diverso. Dopo dieci anni, l'ex studente aveva gli occhiali, ma la scena non era sostanzialmente cambiata. Dopo trent'anni, si vide ancora l'ufficio postale, e l'ex studente aveva i capelli canuti.

– Si vede che è un tipo con poca iniziativa, – commentò G.: – Ma, glielo dico in amicizia, lei è un po' troppo diffidente. Guai se tutti fossero come lei! – Forse però scherzava, perché nella sua voce si percepiva piú l'ammirazione che il rimprovero.

– Mi deve pure capire, – rispose S.: – sta a me scegliere, e vorrei avere le idee chiare. Perciò, non se n'abbia a male, ma vorrei vedere il dopo di... ecco, anche di questo.

Aveva ripreso in mano la foto della biblioteca, ed indicava un altro lettore. – Vediamo, – disse G.: – Eccolo dopo due anni.

Il lettore era in una comoda poltrona sotto una lampada: stava leggendo. – Qui è dopo quattro anni... no, scusi, dopo cinque.

Il lettore, ben poco mutato, stava a tavola, di fronte ad una giovane donna; fra i due, su di un seggiolino, era un bambino con un cucchiaio in mano. – Una simpatica famiglia, vero? – osservò G. con soddisfazione. – Qui è dopo sette anni, – annunciò poi.

Come se il meccanismo fosse sfuggito dal controllo di G., entro il riquadro apparvero varie scene in rapida successione:

– Il lettore era in abiti militari: stava salutando la moglie, che piangeva.

– Il lettore si stava imbarcando su di un aereo militare.

– Dall'aereo si staccava una ghirlanda di paracadute.

– Il lettore, col mitra puntato verso il basso, stava prendendo terra.

– Il lettore era atterrato in una pianura buia: stava dietro un masso, in agguato.

– Il lettore era stato colpito: una macchia nera si allargava sotto di lui.

– Una rozza croce di legno su di un tumulo di terra.

– Questa... questa è la guerra, non è vero? – chiese S. dopo un attimo di silenzio. G., molto imbarazzato, taceva; R. rispose:

– Sí, lo sappiamo, se ne fa un gran parlare, ma vorrei metterla in guardia contro certi luoghi comuni. Prima di tutto, lo tenga presente, non è affatto dimostrato che la guerra sia radicata nella specie umana, che sia scritta nel destino di tutti i paesi, di tutte le epoche e di tutti gli individui. Proprio in questo periodo stiamo sperimentando un piano di pace molto ben congegnato, fondato sull'equilibrio delle paure e dei potenziali aggressivi: ebbene, funziona ormai da venticinque anni in modo tutto sommato abbastanza soddisfacente, abbiamo avuto soltanto una mezza dozzina di guerrette periferiche. Non si era mai visto nulla del genere da molti secoli: i quadri che lei ha visto potrebbero avere ormai soltanto un valore... ehm, retrospettivo, e la seconda età dell'oro potrebbe essere già incominciata, in silenzio, furtivamente. Poi, vorrei ricordarle che non sempre la guerra è un male, ossia un male per tutti. Abbiamo saputo di vari nostri clienti che hanno superato l'ultimo conflitto non solo in buona salute e senza danni, ma guadagnandoci sopra parecchi quattrini...

Qui G. si schiarí la voce, come se volesse interrompere, ma R. non se ne accorse e continuò:

– ... altri sono diventati famosi e stimati, e altri ancora, anzi, la maggior parte dell'umanità, non se ne sono neanche accorti.

– Insomma, – intervenne G., – non mi sembra il caso di drammatizzare: ci pensi su un momento, che cosa sono cinquanta milioni di morti su una popolazione di tre miliardi? La vita, comprende, la vita è un tessuto unico, anche se ha un diritto e un rovescio; ha giorni chiari e giorni scuri, è un intreccio di sconfitte e vittorie, ma si paga da sola, è un bene inestimabile. So bene che voialtri quassú avete tendenza a impostare tutte le questioni su scala cosmica: ma una volta sulla Terra sarete individui, avrete una sola testa, per di piú diversa da tutte le altre; ed una sola pelle, e troverete una gran differenza fra quanto sta dentro la pelle e quanto sta fuori. Io, noti bene, non ho argomenti per dimostrare chi dei due abbia ragione, il non-nato o il nato, ma una cosa le posso affermare per diretta esperienza: chi ha assaggiato il frutto della vita non ne sa piú fare a meno. I nati, tutti i nati, con pochissime eccezioni, si aggrappano alla vita con una tenacia che stupisce perfino noi propagandisti, e che è il miglior elogio della vita stessa. Non se ne staccano finché hanno fiato in corpo: è uno spettacolo unico. Guardi.

Mostrò ad S. l'immagine di un minatore, ferito e lacero, che si faceva strada col piccone in una galleria crollata.

– Quest'uomo era solo, ferito, affamato, tagliato fuori dal mondo, in mezzo alle tenebre. Gli sarebbe stato facile morire: per lui, non sarebbe stato altro che il passaggio da un buio a un altro buio. Non sapeva neppure in quale direzione avrebbe trovato la salvezza: ma scavò a caso, per dodici giorni, e rivide la luce. E quest'altro, che lei vede qui? È un caso famoso, siamo d'accordo, ma quanti altri non farebbero come lui, giovani o vecchi, uomini o donne, se solo ne avessero le capacità tecniche? Si chiamava Robinson Crusoe: visse in solitudine per ventott'anni senza mai perdere la speranza e la gioia di vivere; poi fu salvato, ed essendo un marinaio, riprese a navigare. Questo poi è un caso meno drammatico, ma molto piú generale.

Quell'immagine era suddivisa in quattro riquadri. Vi si vedeva, rispettivamente, un uomo in un ufficio polveroso e male illuminato, davanti a un cumulo di moduli tutti uguali; lo stesso a tavola, col giornale appoggiato alla bottiglia, mentre in fondo la moglie stava telefonando e gli voltava la schiena; lo stesso davanti alla porta di casa, che si avviava a piedi al lavoro, mentre il figlio partiva in motocicletta con una ragazza provocante; lo stesso a sera, solo e con aria annoiata davanti al televisore. A differenza dalle altre, quelle figure erano statiche: non vibravano neppure.

– L'uomo che lei vede, – riprese G., – si ritrova qui a quarant'anni: il suo lavoro quotidiano è un immutabile pozzo di noia, la moglie lo disprezza e probabilmente ama un altro, i figli sono cresciuti e lo guardano senza vederlo. Eppure resiste, e resisterà a lungo, come uno scoglio: aspetterà ogni giorno il suo domani, ogni giorno udrà una voce che gli promette per il domani qualcosa di bello, grande e nuovo. Tenga pure, – aggiunse, rivolto ad R.: – le riponga, per favore.

S. era perplesso: – Ma, lei lo deve ammettere, uno che nasca ammalato, oppure da genitori denutriti...

Intervenne R., in tono didascalico:

– Se lei vuole alludere al problema della fame, badi che si è molto esagerato. Che una buona parte del genere umano conosca la fame, può anche essere vero, ma non è vero che ne muoia. Lei comprende che per vivere bisogna mangiare, e che per mangiare bisogna desiderare il cibo: ora, la fame che altro è se non desiderio di cibo? Non è affatto dimostrato che la sazietà sia un bene: i topi lasciati liberi di mangiare a volontà hanno vita piú breve di quelli tenuti a dieta controllata, sono dati inconfutabili.

Mentre R. parlava, G. si era alzato in piedi, e passeggiava su e giú per lo stretto locale; poi si fermò e disse ai suoi colleghi:

– Volete uscire un momento, per favore? Vorrei parlare da solo a solo con questo signore, per due minuti –. Quindi si volse ad S., con voce bassa e confidenziale, e proseguí:

– Lei, mi pare, lo ha intuito: qualcuno da qualche parte ha sbagliato, ed i piani terrestri presentano una faglia, un vizio di forma. Per una quarantina d'anni hanno fatto vista di non accorgersene, ma adesso troppi nodi stanno venendo al pettine, e non si può piú aspettare: dobbiamo correre ai ripari, e ci serve gente come lei. Si stupisce? Non gliel'ho rivelato all'inizio perché non la conoscevo ancora, e volevo fare certe verifiche, ma ora glielo posso dire: non siamo venuti da lei come andiamo da tutti, non siamo arrivati qui per caso. Lei ci era stato segnalato.

– Io?

– Sí. Abbiamo necessità urgente di gente seria e preparata, onesta e coraggiosa: ecco perché abbiamo insistito e insistiamo. Noi non siamo per la quantità ma per la qualità.

– Allora devo intendere che... non nascerò cosí a caso, che il mio destino è già segnato, come un libro scritto?

– Proprio scritto in tutte le sue pagine, definito in tutti i suoi punti, no, non lo posso affermare: sa, noi crediamo nel libero arbitrio, o per lo meno, siamo tenuti a comportarci come se ci credessimo, e perciò, ai nostri fini, ogni uomo è in larga misura esposto al caso ed al suo proprio agire; ma le possiamo offrire delle ottime possibilità, darle buoni vantaggi iniziali, questo sí: vuole dare un'occhiata? ... Questo è lei, vede? Le daremo un corpo agile e sano, e la inseriremo entro un contorno affascinante: in questi luoghi silenziosi si costruisce il mondo di domani, o si penetra in quello di ieri, con strumenti nuovi e meravigliosi. E questo è ancora lei, qui dove si raddrizzano i torti, e si fa giustizia rapidamente e gratis. O anche qui, dove si sopisce il dolore, e si rende la vita piú tollerabile, piú sicura e piú lunga. I veri padroni sono questi, siete voi: non i capi dei governi né i condottieri di armate.

– Ed ora che siamo soli, posso, anzi debbo, mostrarle anche il resto, il materiale riservato, quello che lei, giustamente, ha cercato piú volte di strapparmi di mano.

Per quelle immagini non occorrevano commenti, né la lusinga del diventare vive: parlavano un linguaggio ben chiaro. Si vide un cannone multiplo sparare nelle tenebre, illuminando col suo bagliore case crollate e fabbriche in rovina; poi cumuli di cadaveri scheletriti ai piedi di un rogo, in una tetra cornice di fumo e di filo spinato; poi una capanna di canne sotto una pioggia tropicale, e dentro, sul pavimento di terra nuda, un bambino stava morendo; poi una squallida distesa di campi non coltivati e ridotti a paludi, e di foreste senza foglie; poi un villaggio, ed una valle intera, invasi e sepolti da una gigantesca marea di fango. Ce n'erano ancora molte altre, ma G. le spinse da parte e continuò:

– Vede? Ci sono ancora molte cose da raddrizzare: ma nessuna di queste sofferenze sarà per lei. Non dovrà subire il male come un oggetto passivo: lei, e molti con lei, sarà chiamato a combatterlo in tutte le sue forme. Riceverà, insieme con la veste umana, le armi che le occorreranno: sono armi potenti e sottili, la ragione, la pietà, la pazienza, il coraggio. Non nascerà come tutti nascono: la vita le sarà spianata davanti, affinché le sue virtú non vadano sprecate. Sarà uno dei nostri, chiamato a compiere l'opera che si è iniziata miliardi d'anni addietro, quando una certa sfera di fuoco è esplosa, ed il pendolo del tempo ha cominciato a battere. Lei non morrà: quando deporrà il suo abito umano, verrà con noi e sarà cacciatore d'anime come noi; sempreché lei si accontenti di una modesta provvigione, oltre al rimborso delle spese.

– Ecco, ho finito. Le auguro buona fortuna, nella scelta e dopo. Ci pensi, e mi dia una risposta –: cosí detto, G. ripose le ultime immagini nella valigia e la chiuse.

S. tacque a lungo: talmente a lungo che G. fu sul punto di sollecitare una risposta; infine disse:

– ... Non vorrei partire con vantaggio. Temo che mi sentirei un profittatore, e dovrei chinare la fronte per tutta la vita davanti a ciascuno dei miei compagni non privilegiati. Accetto, ma vorrei nascere a caso, come ognuno: fra i miliardi di nascituri senza destino, fra i predestinati alla servitú o alla contesa fin dalla culla, se pure avranno una culla. Preferisco nascere negro, indiano, povero, senza indulgenze e senza condoni. Lei mi capisce, non è vero? Lei stesso lo ha detto, che ogni uomo è artefice di se stesso: ebbene, è meglio esserlo appieno, costruirsi dalle radici. Preferisco essere solo a fabbricare me stesso, e la collera che mi sarà necessaria, se ne sarò capace; se no, accetterò il destino di tutti. Il cammino dell'umanità inerme e cieca sarà il mio cammino.

Lumini rossi

Il suo era un lavoro tranquillo: doveva stare otto ore al giorno in una camera buia, in cui a intervalli irregolari si accendevano i lumini rossi delle lampade spia. Che cosa significassero, non lo sapeva, non faceva parte delle sue mansioni. Ad ogni accensione doveva reagire premendo certi bottoni, ma neppure di questi conosceva il significato: tuttavia il suo non era un compito meccanico, i bottoni li doveva scegliere lui, rapidamente, e in base a criteri complessi, che variavano da giorno a giorno, e dipendevano inoltre dall'ordine e dal ritmo con cui le lampadine si accendevano. Insomma, non era un lavoro stupido: era un lavoro che si poteva fare bene oppure male, qualche volta era anche abbastanza interessante, uno di quei lavori che dànno occasione di compiacersi della propria prontezza, della propria inventiva e della propria logica. Però, del risultato ultimo delle sue azioni non aveva un'idea precisa: sapeva soltanto che di camere buie ce n'erano un centinaio, e che tutti i dati decisionali convergevano da qualche parte, in una centrale di smistamento. Sapeva anche che in qualche modo il suo lavoro veniva giudicato, ma non sapeva se isolatamente o in cumulo col lavoro di altri: quando suonava la sirena si accendevano altre lampadine rosse, sull'architrave della porta, e il loro numero era un giudizio e un consuntivo. Spesso se ne accendevano sette od otto: una volta sola se ne erano accese dieci, mai se ne erano accese meno di cinque, perciò aveva l'impressione che le sue cose non andassero troppo male.

Suonò la sirena, si accesero sette lampadine. Uscí, si fermò un minuto in corridoio per abituare gli occhi alla luce, poi scese in strada, raggiunse l'auto e mise in moto. Il traffico era già molto intenso, e stentò ad inserirsi nella corrente che percorreva il viale. Freno, frizione, dentro la prima. Acceleratore, frizione, seconda, acceleratore, freno, prima, freno ancora, il semaforo è rosso. Sono quaranta secondi e sembrano quarant'anni, chissà perché: non c'è tempo piú lungo di quello che si passa ai semafori. Non aveva altra speranza né altro desiderio che quello di arrivare a casa.

Dieci semafori, venti. Ad ognuno, una coda sempre piú lunga, lunga tre rossi, lunga cinque rossi; poi un po' meglio, il traffico piú fluido della periferia opposta. Guardare nello specchietto, far fronte alla breve piccola ira e alla fretta maligna di quello che ti sta dietro e vorrebbe che tu non ci fossi, lampeggiatore di sinistra, quando volti a sinistra ti senti sempre un po' colpevole. Voltare a sinistra, con precauzione: ecco il portone, ecco un posto libero, frizione, freno, chiavetta, freno a mano, antifurto, per oggi è finita.

Splende il lumino rosso dell'ascensore: aspettare che sia libero. Si spegne: premere il bottone, il lumino si riaccende, aspettare che sia disceso. Aspettare per metà del tempo libero: è tempo libero, questo? Alla fine si accesero nell'ordine giusto i lumi del terzo, del secondo e del primo piano, si lesse PRESENTE e la porta si aprí. Di nuovo lumini rossi, primo, secondo, fino al nono piano, ci siamo. Premette il pulsante del campanello, qui non c'è da aspettare: aspettò poco, infatti, si udí la voce pacata di Maria dire « vengo », i suoi passi, poi la porta si aprí.

Non si stupí di vedere accesa la lampadina rossa fra

le clavicole di Maria: era accesa già da sei giorni, e c'era da attendersi che brillasse della sua luce melanconica per qualche giorno ancora. A Luigi sarebbe piaciuto che Maria la nascondesse, la incappucciasse in qualche modo; Maria diceva di sí ma spesso se ne dimenticava, specialmente in casa; o altre volte la nascondeva male, e la si vedeva luccicare sotto il foulard, o di notte attraverso le lenzuola, che era la cosa piú triste. Forse, sotto sotto, e senza confessarlo neppure a se stessa, aveva paura delle ispezioni.

Si studiò di non guardare la lampadina, anzi, di dimenticarla: in fondo, chiedeva anche altro a Maria, molto altro. Cercò di parlarle del suo lavoro, di come aveva passato la giornata; le chiese di lei, delle sue ore di solitudine, ma la conversazione non diventava viva, guizzava un momento e poi si spegneva, come un fuoco di legna umida. La lampadina invece no: splendeva ferma e costante, il piú pesante dei divieti perché era lí, in casa loro e di tutti, minuscola eppure salda come una muraglia, in tutti i giorni fecondi, fra ogni coppia di coniugi che avesse già due figli. Luigi tacque a lungo, poi disse: – Io... io vado a prendere il cacciavite.

– No, – disse Maria, – lo sai che non si riesce, rimane sempre una traccia. E poi... e se poi nascesse un bambino? Ne abbiamo già due, non sai quanto ce lo tasserebbero?

Era chiaro che, ancora una volta, non sarebbero stati capaci di parlare d'altro. Maria disse: – Sai la Mancuso? Ricordi, no? la signora qui sotto, quella cosí elegante, del settimo piano. Ebbene, ha fatto domanda di cambiare il modello di Stato con il nuovo 520 IBM: dice che è tutta un'altra cosa.

– Ma costa un occhio della testa, e poi il conto è lo stesso.

– Certo, ma non ti accorgi neppure di averlo indosso, e le pile durano un anno. Poi mi ha anche detto che in Parlamento c'è una sottocommissione che sta discutendo un modello per uomini.

– Che stupidaggine! Gli uomini avrebbero la luce rossa sempre.

– Eh no, non è cosí semplice. Chi guida è sempre la donna, e anche lei porta la lampadina, ma il dispositivo di blocco lo porta anche l'uomo. C'è un trasmettitore, la moglie trasmette e il marito riceve, e nei giorni rossi resta bloccato. In fondo mi pare giusto: mi pare molto piú morale.

Luigi si sentí improvvisamente sommergere dalla stanchezza. Baciò Maria, la lasciò davanti al televisore ed andò a coricarsi. Non stentò a prendere sonno, ma si svegliò al mattino assai prima che si accendesse la spia rossa della sveglia silenziosa. Si alzò, e soltanto allora, nella camera buia, notò che la lampada di Maria si era spenta: ma era ormai troppo tardi, e gli rincresceva svegliarla. Passò in rassegna la spia rossa dello scaldabagno, quella del rasoio elettrico, del tostapane e della serratura di sicurezza; poi scese in strada, entrò nell'auto, ed assistette all'accendersi delle spie rosse della dinamo e del freno a mano. Azionò il lampeggiatore di sinistra, il quale significava che incominciava una nuova giornata. Si avviò verso il lavoro, e strada facendo calcolò che le lampade rosse di una sua giornata erano in media duecento: settantamila in un anno, tre milioni e mezzo in cinquant'anni di vita attiva. Allora gli parve che la calotta cranica gli si indurisse, come se ricoperta da un'enorme callosità adatta a percuotere contro i muri, quasi un corno di rinoceronte, ma piú piatto e piú ottuso.

Vilmy

Non ero mai entrato in un appartamento della vecchia Londra: avevo incontrato diverse volte Paul Morris in Italia, l'ultima volta ad un congresso di biochimica, e diversi anni prima (quando non era ancora sposato) in un costosissimo albergo sul Lago Maggiore. Mi aspettavo che la sua abitazione fosse arredata con ricchezza e buon gusto, e cosí era, infatti: buoni mobili Adam e Hepplewhite, pochi quadri scelti alle pareti, molti tappeti, tendaggi e arazzi, una illuminazione discreta e riposante. I toni dominanti erano il verde-grigio, l'avorio e il lavanda: i doppi vetri escludevano il fragore e l'aria torbida di St James Square.

Paul, che è ormai prossimo ai cinquanta, mi apparve dimagrito e incanutito. Mi presentò Virginia, sua moglie: è di origine ungherese, non bella, ma colta e raffinata, e di almeno venticinque anni piú giovane di lui. Virginia parla molte lingue, anche l'italiano, e non esiste argomento su cui non sappia discorrere con elegante disinvoltura. Mi stava raccontando le vicende di una sua lontana parente, che pare giri il mondo come esperta dell'Unesco, quando vidi alle sue spalle spostarsi silenziosamente una tenda. Il silenzio, devo dire, è un elemento dominante in casa Morris: non solo non vi penetrano i rumori esterni, ma quelli interni sono attutiti, e si ha anzi l'impressione di non riuscire a produrne, né con la voce né altrimenti: si prova ritegno a parlare ad alta voce, come in una chiesa o in una camera mortuaria. La tenda si allontanò dal muro, ricadde tacitamente, e ne uscí un grazioso animale che a prima vista scambiai per un setter: ma quando si avvicinò a Virginia vidi dall'andatura che non era un cane. I cani è raro che camminino composti: sono troppo vivaci e curiosi, o si guardano attorno, o muovono la coda, o corrono, o dimenano i fianchi. Poi, è difficile che non producano strepito con gli unghioli sul pavimento, e anche piú difficile che ignorino un estraneo. Invece quella creatura, che era coperta di un lucido pelame nero, si muoveva con la grazia sciolta e tacita dei felini: stranamente, teneva lo sguardo fisso su Paul e il muso puntato nella sua direzione, ma si diresse quieta verso Virginia; nonostante la sua mole (doveva pesare almeno otto chili) le balzò leggera sulle ginocchia e vi si sdraiò. Solo allora sembrò accorgersi della mia presenza: mi lanciava a intervalli brevi occhiate interrogative. Aveva grandi occhi celesti dalle lunghe ciglia, orecchie appuntite e mobili, quasi diafane, che terminavano in due curiosi ciuffetti di pelo chiaro, e una lunga coda glabra, di un rosa livido. Notai che Virginia non si era mossa, né per accettare l'animale, né per respingerlo.

– Non ne avevi mai visti? – mi chiese Paul, a cui non era sfuggito il mio interessamento.

– No, – risposi: – solo una volta diversi anni fa, alla televisione –. Avevo subito immaginato che fosse un vilmy: proprio in quei mesi se ne era riparlato sui giornali per via dello scandalo di Lord Keith Lothian, ed anzi erano stati oggetto di una nuova interpellanza in Parlamento, ma a quell'epoca non ne erano state importate che qualche decina di coppie.

– Si chiama Lore, – disse Paul, – e le vogliamo molto bene: sai, noi non abbiamo bambini.

– Una femmina? – chiesi: e subito colsi una rapida e dura occhiata di Virginia al marito.

– Sí, – rispose Paul: – sono piú affettuose. Questa è tanto cara, discreta, docile: peccato che vada per i nove anni, sono come settanta dei nostri.

– Non la fai accoppiare?

– Non è tanto facile, – disse Morris nascondendo male un certo imbarazzo. – Non esiste un maschio nero in tutto il Regno Unito: mi sono informato, il piú vicino è a Montecarlo, ma per quello lei è già vecchia, poverina. Lui la rifiuterebbe quasi di sicuro.

– Ma allora, per il latte...

– Non hanno mica bisogno di essere fecondate, non lo sai? È un caso unico fra i mammiferi: basta nutrirle bene, e mungerle con regolarità. Ne dànno poco, si capisce.

– Forse è una fortuna, – disse inaspettatamente Virginia.

Come si ricorderà, del latte di vilmy si è fatto poi un gran parlare, ma a quel tempo nessuno aveva ancora le idee molto precise. Paul mi spiegò che tutte le dicerie su di un preteso potere allucinogeno del latte erano senza alcun fondamento: non era neppure un afrodisiaco, come pretendevano molti che non l'avevano mai provato o si erano lasciati suggestionare. Cosí pure, erano tutte fandonie le storie che si raccontavano sulla sua tossicità a lunga scadenza, sulla perdita della memoria, sulla senilità precoce degli « addicts » e cosí via.

– La verità è una sola, – mi disse, – ed è molto semplice. Il latte di tutti i mammiferi contiene minime quantità di N-feniltocina, ed è a questa sostanza che i neonati devono la fissazione affettiva nei confronti della madre, o della femmina che li allatta. Nella maggior parte degli animali, la sua concentrazione è bassa, e l'effetto si estingue pochi mesi dopo il parto. Nell'uomo è piú alta, e il rapporto affettivo verso la madre dura molti anni; nel vilmy è altissima, venti volte piú che nel latte umano. Perciò, non solo i cuccioli sono legati alla madre da un vincolo quasi patologico, ma chiunque beve quel latte ne risente l'effetto, e cambia vita.

A queste parole, non so se in ossequio all'usanza britannica, o se perché sentisse la conversazione prendere una piega delicata, Virginia si alzò, mi salutò, baciò Paul e si ritirò. Pochi istanti dopo, come se si destasse da un sogno, Lore levò il capo, fissò a lungo Morris, poi balzò a terra dalla sedia, gli si accostò e prese a strofinargli affettuosamente il muso sulla coscia. Notai allora per la prima volta la curiosa mobilità del muso di questi animali: di umano non ha che ben poco, eppure è interpretabile in ogni momento in termini di smorfia umana, volta a volta ironica, annoiata, attenta, affettuosa, ridente, ostile; ma sempre languida, intensa, e con un tocco di astuzia volpina.

– E tu... l'hai assaggiato? – chiesi a Paul, abbassando involontariamente la voce. Paul non rispose direttamente:

– Sono animali incredibili, – mormorò: – Lo vedi, ricambiano, o mostrano di ricambiare. Insomma, non provare, non lasciarti tentare: è un errore, un errore che si paga caro.

– Non mi sento tentato: davvero, neanche un poco. Tu perché lo hai fatto?

– Perché... no, senza un perché: per desiderio di novità, per curiosità, per noia, per... insomma, in un momento in cui con Virginia non andavo d'accordo per via di una certa faccenda, e lei aveva ragione, ma io non le volevo dare ragione, e volevo invece farle un dispetto. Forse volevo solo ingelosirla. In ogni modo l'ho assaggiato, questo è un fatto, e i fatti non si cambiano piú: due anni fa, e sono diventato un altro.

– È cosí potente? Basta una volta sola?

– No, ma è una catena. Bevi una volta, e ti incateni: diventi teso, inquieto, febbrile, e *sai* che troverai la pace solo con la presenza di... dell'animale, della sorgente. Solo a quella ti puoi dissetare. E lei, loro, sono diabolici: sono corrotti, e buoni a corrompere. Capiscono poche cose, ma questa la capiscono bene, come si seduce un essere umano. Ti leggono il desiderio negli occhi, o non so dove altro, e ti girano intorno, ti si strusciano addosso, e il veleno è lí, tutto il giorno e tutta la notte, ti viene offerto in permanenza, a domicilio, gratis. Hai solo da tendere le mani e le labbra. Le tendi, bevi, e il cerchio si chiude, e sei in trappola, per tutti gli anni che ti restano, che non possono essere tanti.

Lore trasalí, si avvicinò alla tenda e si arrampicò su questa fino all'altezza della pendola massiccia che stava nell'angolo: mi accorsi che le sue zampe terminavano in quattro rozze manine dal pollice opponibile, brune sopra, rosee all'interno. Dalla tenda balzò sulla pendola, vi si accucciò sopra, e rimase intenta ad ascoltare il lento ticchettio.

– Sono affascinati dagli orologi, – disse Paul: – non so perché. Anche quella che avevo prima...

– Non è la prima, questa?

– No. Non è qui che è successo: eravamo in viaggio, a Beirut. C'era in albergo uno, non so chi fosse, anche perché eravamo ubriachi tutti e due; aveva una vilmy con sé, era graziosa, bionda, ed era la prima che vedevo. Io, come ti ho detto, avevo appena litigato con Virginia, e lui sogghignava come se lo avesse capito, e mi offrí il latte, e io lo accettai. Non sapevo quello che facevo: ma me ne accorsi la mattina dopo. Rincorsi lo sconosciuto per tutte le vie della città, lo trovai, e gli offersi una cifra folle per avere l'animale, lui mi derise, e facemmo a pugni, e avresti dovuto vedere quella: stava accucciata e muoveva la coda e rideva, sí, perché ridono, non come noi, al loro modo, ma ridono, ed è un riso che fa bollire il sangue nelle vene.

– Ne avevo date piú che prese, ma mi sentivo malconcio, e in graticola. Sognavo di quella vilmy, tutte le notti. Devo dirti: non è come per una donna. È una voglia pesante, brutale e idiota; e senza speranza, perché con una donna parli, almeno dentro di te: anche se è lontana, se non è tua o non lo è piú, speri almeno di parlarle, speri in un amore, in un ritorno; può essere una speranza vana ma non è insensata, ha una soddisfazione pensabile. Questa invece no, è un desiderio che ti danna perché non ha soddisfazione: non la puoi nemmeno trovare nella tua fantasia; è desiderio e basta, senza fine. Il latte è gradevole, è dolce, ma lo trangugi e poi sei come prima. E anche la loro presenza, toccarle, accarezzarle, è nulla, meno che nulla, un aguzzarsi del desiderio, nient'altro.

– Virginia non conosceva i fatti, ma capiva che qualcosa non andava: cosí tornò a Londra, e io rimasi a girare intorno a quell'altro perché mi vendesse l'animale; lui non voleva, o meglio non poteva, era schiavo come me. Ma io insistevo, tutte le volte che lo potevo avvicinare, e mi sentivo un verme, e gli avrei lustrato le scarpe. Un giorno partí, senza lasciare indirizzo. Io allora pensai che, se proprio non potevo avere quella, un'altra sarebbe stata meglio che niente. Andai al sukh e ne trovai una: un giovane, dall'aspetto macilento e dalla faccia impassibile, la teneva al guinzaglio e la faceva ballare, nel fondo semibuio di un vicolo cieco. Era magra e spelacchiata, ma aveva le mammelle gonfie, era giovane e costava poco. Chiesi un campione di latte: ci appartammo in un sottoscala e il venditore lo munse lí per lí e me lo offerse. Mi parve di sentire l'effetto, perché subito dopo mi accorsi che gli occhi dell'animale erano belli e profondi, cosa che prima non avevo notata; lo comperai e lo portai qui. Era un demonio: non sopportava la clausura, la sua casa erano i tetti, non questa. Non c'era modo di averla vicina, a chiuderla dentro diventava una furia, mordeva, graffiava e si nascondeva sotto i mobili; dopo qualche settimana fu peggio, perché imparò a rifiutare il latte. Cercai invano di farle violenza, la frustai, e lei scomparve.

Paul schioccò le dita, e Lore levò il muso attenta: balzò dalla pendola sul divano, da questo a terra, poi gli si accucciò ai piedi con un piccolo squittio soddisfatto.

– Questa, appunto, è la terza. L'ho comprata qui a Soho, a un'asta pubblica, per 400 sterline: un bel prezzo, no? Apparteneva ad un giamaicano che era morto per lei, ma l'ho saputo solo piú tardi. È vecchia, come ti ho detto, e se non la si contraria è abbastanza tranquilla: se però vuoi qualcosa che lei non vuole, non è che rifiuti il latte come quell'altra, ma le si secca, e devi stare senza; ora, nessuno mi toglie dal capo che è lei a volerlo, per ricattarmi, per avermi. E ci riesce, sicuro; forse non è capace di intendere, ma di volere sí, oh sí: mangiare certe cose e non altre, a certe ore e non ad altre, che io inviti certi amici e altri no... no, tu, a Dio piacendo, sembra che le vai a genio: speriamo che duri...

– Ma Virginia?...

– È una donna savia. Il latte, lo ha sempre rifiutato. Sa che la amo quanto prima, che questa è un'altra cosa, come se uno si lasciasse prendere dall'alcool o dalla morfina. Mi tratta come un malato o come un bambino: e lo sono, infatti; anzi, a propriamente parlare sono un lattante, che frigna quando ha fame. E questa qui ha nove anni, è una vecchia, e il solo pensiero che muoia o si esaurisca mi dà le vertigini.

La vilmy mi si avvicinò, soffiando dal nasino roseo, poi prese a strofinare la nuca e il collo contro il mio polpaccio, come per accarezzarsi da sola: a dire il vero, non mi sembrava vecchia per niente. Abbassai una mano per renderle la carezza, ma colsi un rapido sguardo da parte di Paul e mi trattenni; anzi, quando Lore si alzò sulle zampe posteriori per salirmi in grembo, salutai Paul con una vaga frase di circostanza ed uscii in strada. La nebbia era fredda, fitta e giallastra, ma mi parve profumata, e la respirai con voluttà fino in fondo ai polmoni.

A fin di bene

Chi ha bisogno di punirsi trova occasioni dappertutto. L'ingegner Masoero aprí il giornale e si sentí invadere dal disgusto: ancora una volta, in seconda pagina, il consueto trafiletto ironico-dolciastro, in cui si denunciava il disservizio, la teleselezione sempre occupata, la cattiva qualità acustica delle comunicazioni. Cose vere, lo sapeva, sacrosante: ma, in nome del cielo, cosa poteva farci lui? Direttore del distretto fin che uno vuole, ma se i fondi mancano, o ci sono, ma stanziati per altri lavori; e se il Ministero, invece di darti una mano, ti inonda di circolari prolisse, futili e contraddittorie, che cosa puoi fare? Poco piú che niente: vai in ufficio pieno di veleno, chiami a rapporto i capisettore, quello dei nuovi impianti, quello della manutenzione preventiva e quello delle riparazioni, tutta brava gente anche loro, e gli fai un sermone, e quando se ne vanno sai benissimo che, appena fuori della porta, si stringono nelle spalle, e tutto resta come prima, e tu stai male come prima.

Si accinse a scrivere un'energica relazione per il Ministero: non era la prima, ma anche un chiodo non entra alla prima martellata. Chissà se, a furia di battere, non avrebbero finito col dargli ascolto? Passò cosí la giornata, finí la relazione, la rilesse, eliminò qualche aggettivo troppo virulento, e passò il manoscritto alla dattilografa.

Il giorno dopo si trovò sulla scrivania non uno, ma

due promemoria dell'Ufficio Reclami. Non c'era dubbio, li aveva scritti Rostagno, due porte piú in là: era il suo stile, preciso, circostanziato e maligno. Questa volta, però, invece delle solite lamentele generiche degli utenti si riferivano, con insolita ricchezza aneddotica, due guai nuovi di zecca. Nel primo promemoria si raccontava che diversi abbonati, staccando il ricevitore, avevano udito per ore di fila il programma musicale della filodiffusione, e non erano riusciti a stabilire alcun contatto. Nel secondo, si descriveva il disappunto e lo stupore di altri abbonati, una cinquantina, che intendevano chiamare un qualsiasi numero della rete, ed a cui invece rispondeva con ostinazione sempre lo stesso numero, e precisamente uno con cui scambiavano abitualmente frequenti e lunghe comunicazioni: il numero degli suoceri, o della fidanzata, o della filiale, o del vicino di banco del figlio. Passi per il primo reclamo: non sembrava difficile provvedere. Ma per il secondo, Masoero lo lesse, lo rilesse, e si persuase che c'era sotto qualcosa. Rostagno era un pirata, aspettava la promozione da un pezzo, e non ci sarebbe stato gran che da stupirsi se avesse scelto quel sistema per fargli le scarpe. Voleva provocarlo: fargli prendere provvedimenti inutili, farlo incespicare. Perché una rete telefonica non è una cosa semplice, tutti lo sanno; si guasta facilmente, è sensibile al vento, alla pioggia e al gelo, va soggetta a certe malattie, ma sono poche, ben note, e soprattutto possibili: quella, invece, era una malattia impossibile. Ripose i due promemoria e si occupò d'altro.

Ma quella sera stessa Silvia, come se niente fosse, gli raccontò che in tutta la giornata non aveva potuto telefonare né al verduriere, né alla pettinatrice, né a Lidia, né a lui stesso in ufficio: aveva risposto sempre e soltanto il numero di sua madre, alla quale, per l'appunto, quel giorno non aveva nulla da dire. Si accorse che Silvia non aveva alcuna intenzione di ferirlo con quella osservazione, che del resto era stata enunciata in tono noncurante e disinvolto; tuttavia non poté evitare di pensare che sua moglie lo conosceva pur bene, sapeva che lui aveva un carattere difficile, e che al suo lavoro ci teneva; o piú precisamente, non ci teneva poi tanto, ma essere colto in fallo in qualsiasi circostanza, e sul lavoro in specie, gli bruciava come un'ustione e gli toglieva il sonno. Insomma, Silvia avrebbe potuto risparmiargli quell'amarezza: ne aveva già tante, telefoniche e non.

Cosí, dunque, Rostagno non si era inventato niente: non importa, era un pirata lo stesso, un lavativo. A ripensarci, il suo promemoria gli sembrava un distillato di malvagità, pieno di Schadenfreude in ogni riga. Un uomo disonestamente ambizioso, un arrampicatore sociale, ecco quello che era: al suo giusto posto in un ufficio reclami, perché era uno che vive pizzicando gli altri in difetto, che si nutre degli errori altrui e prospera dei loro grattacapi e gode delle loro rogne. Prese due tranquillanti e andò a dormire.

Passarono venti giorni ed arrivò un terzo promemoria. Questa volta, pensò Masoero, era piú che chiaro che Rostagno si era divertito a scriverlo: piú che un documento d'ufficio era una lirica, una ballata. Era una casistica di errori di chiamata: a quanto pareva, migliaia di abbonati si erano lamentati, in primo luogo perché il numero degli errori era anormalmente alto, e in secondo perché la natura di questi errori era irritante. Irritante soprattutto per lui Masoero, ma Rostagno pareva che ci sguazzasse; si era preso la briga di compilare una lunga tabella su tre colonne: la prima conteneva i numeri chiamanti, la seconda i numeri chiamati, la terza i numeri che avevano risposto in luogo di questi ultimi. Tra la prima colonna e la seconda non esisteva, come evidente, alcuna correlazione, ma Rostagno faceva notare (e, perbacco, con ragione!) che una correlazione c'era fra la prima e la terza colonna. Non c'era altro: Rostagno non formulava ipotesi esplicative, si limitava a indicare una curiosa regolarità. Tuttavia, a lettura ultimata, Masoero si sentí montare il sangue alla testa per la rabbia, e subito dopo per la vergogna di aver provato rabbia: non doveva, proibiva a se stesso di albergare un'invidia e una gelosia cosí abiette. Se il tuo prossimo fa una scoperta ingegnosa (per caso, per caso, sibilava una vocina in lui) bisogna riconoscergliene il merito e ammirarlo, e non schiumare d'ira e odiarlo. Fece del suo meglio per redimersi; ma, corpo d'un cane, quello di là dal muro, ingegnoso quanto si vuole, stava costruendosi una fama proprio con gli errori e le colpe, o piuttosto le disgrazie, di lui Masoero: girala come vuoi ma è cosí, quello che per te è tossico fino per lui è alimento, sono scalini per andare in alto, per raggiungerti e soppiantarti. Toccò la poltrona su cui sedeva, e che non gli pareva avesse mai significato molto per lui, e la sentí a un tratto come una parte del suo corpo, come involta nella sua stessa pelle: se gliel'avessero strappata sarebbe stato come scuoiarlo, sarebbe morto fra sofferenze atroci. Se poi ci si fosse installato un altro, e maxime Rostagno, per lui sarebbe stato come se quello si fosse intrufolato nel suo letto coniugale. Ci pensò seriamente, cercando di essere sincero con se stesso, e concluse che anzi sarebbe stato peggio. Gli dispiaceva, ma era cosí, e non poteva cambiarsi, e neppure voleva: cosí o niente, era troppo vecchio per una muta, poteva magari vergognarsi, ma non poteva essere diverso.

Ad ogni modo, farnetica pure, rema, arranca, ma il promemoria è lí davanti a te, è un atto ufficiale, e devi vuotare il calice, non c'è scampo. Rostagno aveva notato che fra i numeri chiamanti e i numeri che avevano risposto c'era una correlazione: semplicissima in alcuni casi, meno ovvia in altri. Talvolta i due numeri differivano di una sola unità in piú o in meno: al 693 177 aveva indebitamente risposto il 693 178 o il 693 176. Altre volte il secondo era multiplo del primo, o era il primo letto all'inverso; altre ancora, i due numeri davano per somma 1 000 000. In quindici casi sui 518 studiati, un numero era con ottima approssimazione il logaritmo naturale dell'altro; in quattro casi il loro prodotto, a meno di decimali, era una potenza di 10; in soli sette casi non era stato possibile stabilire alcuna correlazione. Rostagno faceva poi notare che le correlazioni piú riposte, e le sette non chiarite, erano le ultime in ordine di tempo.

Masoero si sentí alle corde. Si intuiva, anche dallo stile fluido e soddisfatto del breve commento alla tabella, che Rostagno non se ne stava con le mani in mano. Aveva fatto una brillante osservazione, ma non era il tipo di accontentarsi e di riposare sugli allori: anzi, rileggendo con attenzione la frase conclusiva, parve a Masoero di coglierci un gancio, un attacco; forse Rostagno stava già studiando una diagnosi, se non addirittura una terapia. Bisognava che lui Masoero si svegliasse. Poteva fare due cose: buttarsi all'inseguimento e cercare di batterlo sul tempo, oppure chiamarlo in ufficio e farlo parlare, nella speranza di fargli mettere le carte in tavola, magari contro voglia o a sua insaputa. Rostagno era miglior tecnico di lui, ma neanche lui era nato ieri, e in ventiquattr'anni di carriera aveva pure imparato due o tre cose, non solo di pertinenza della teoria delle comunicazioni. Ci ripensò, e scartò la seconda via. Voleva bene alla sua poltrona? la voleva conservare? Ebbene, aveva quanto occorreva: tempo, cervello, un archivio, un grado, un'autorità antica e accettata, da usare come base di operazioni e come posta in gioco per tenersi sul tiro. Rostagno aveva il vantaggio di ricevere per il primo i rapportini giornalieri sui reclami, ma era ora di correre ai ripari. Orsú, uomo, spogliati e combatti: colpisci, sopra o sotto la cintura, importa poco. Dettò una circolare con la precisa disposizione di mandare i rapportini a lui stesso personalmente: tutti, di tutti i settori. Cominciamo cosí, poi vedremo.

Staccò il telefono interno, ordinò alla segretaria di disturbarlo solo per questioni urgenti, e si propose di meditare per qualche giorno. Già si sentiva suonare alle orecchie la grossa domanda ipocrita, la domanda che viene dall'alto, da chi ha ormai interposto una solida scrivania fra gli ordini e la loro esecuzione; la domanda cosí facile da formulare, ed a cui è cosí difficile rispondere: « Che cosa diavolo avete cambiato? Che cosa avete fatto di nuovo? Perché tutto andava bene fino a due mesi fa? »

Che cosa si era fatto di nuovo? Niente e tutto, come al solito. Cambiato il fornitore del cavetto da un millimetro, perché ritardava nelle consegne. Cambiata la forma dei pannelli T2-22, per via dell'unificazione. Cambiati tre dei montatori di zona: vanno a lavorare in fabbrica, guadagnano di piú e non patiscono il freddo. Cambiate le tolleranze della frequenza portante, ma è stato lei a ordinarlo, signor Direttore Generale. È cosí, caro signor Direttore: si ha un bel dire quieta non movere, ma se non si cambia non si vive, e se si cambia si sbaglia. Abbia pazienza, signor Direttore: vediamo dove abbiamo sbagliato. A un tratto, gli venne in mente che il cambiamento piú cospicuo era quello già programmato da molti anni, e realizzato tre mesi prima: la fusione della rete di teleselezione con quella tedesca e con quella francese, e quindi, potenzialmente, la costituzione di una rete unica vasta come l'Europa. Poteva avere rilevanza? E qui gli venne in mente la piú ovvia delle domande: come andavano le cose negli altri distretti, in Italia e in Europa? La salute era buona?

Dopo tre giorni Masoero si sentiva un altro uomo: caso forse unico nella storia delle telecomunicazioni, dalla somma di decine di migliaia di incidenti era nata una felicità. Non la soluzione, non ancora: ma un quadro piú vasto e meglio definito, e soprattutto un bel salto della quaglia al di sopra della testa di Rostagno. Sí, signor Direttore, non è che le cose vadano bene, ma vanno male dappertutto allo stesso modo, dal Capo Nord a Creta e da Lisbona a Mosca: è dappertutto la stessa malattia. Il sottoscritto, an' please your Honour, non c'entra per nulla, o c'entra soltanto perché nel suo distretto il guaio è stato riconosciuto e descritto prima che negli altri. La fusione delle reti c'entra o non c'entra, non sappiamo, ma era nel piano, e del resto quel che è fatto è fatto: quello che urge, ora, è stilare un bel rapporto, farlo tradurre, e diramarlo a tutte le capitali con cui siamo collegati.

Seguí un periodo di complicate ed angosciose accuse e controaccuse: ognuno dei paesi collegati respingeva ogni addebito di inefficienza, e incolpava un altro paese, quasi sempre uno dei suoi confinanti. Si stabilí di convocare un congresso, e ne fu anche fissata la data: ma questa dovette essere immediatamente rinviata sine die per una nuova ondata di disturbi.

Si registrò ad un tratto in tutta Europa un alto numero di « chiamate bianche »: due apparecchi, spesso in paesi diversi, squillavano simultaneamente, e i due abbonati si trovavano in comunicazione senza che alcuno dei due avesse chiamato. Nei pochi casi in cui le differenze di linguaggio davano luogo ad un inizio di conversazione, i due apprendevano di solito l'uno dall'altro che i loro numeri erano uguali, salvo naturalmente il prefisso. Il fatto fu confermato da rilievi predisposti in centrale, da cui risultò che, quando i numeri non erano uguali, essi erano legati da una delle correlazioni che erano state segnalate nel secondo promemoria di Rostagno. Stranamente, di Masoero e di Rostagno si incominciò a parlare congiuntamente: del primo, per avere messo in evidenza il carattere europeo del disservizio, del secondo, per averne descritto le caratteristiche. Da questo gemellaggio Masoero ricavò a un tempo disagio e soddisfazione.

Gli sembrava che ormai il pungiglione della gelosia aziendale avesse perso il veleno, quando se lo sentí invece penetrare nella carne col giornale del mattino, bruciante e brutale come non mai. Si era fatto intervistare, quel mostro! Masoero si bevette l'articolo due e tre volte, sbalordito prima, poi alla ricerca furiosa del punto debole, del reato, della divulgazione di atti d'ufficio: ma era stato abile, l'altro, non c'era neppure una frase che potesse essere incriminata. Il colpo grosso lo aveva saputo vibrare con astuzia meticolosa, fuori del groviglio burocratico, con eleganza, semplicità, e sotto forma d'ipotesi: ma era un'ipotesi fulminante.

Vaga nella sua trattazione matematica, che del resto nell'intervista era appena accennata, la spiegazione che Rostagno proponeva era semplice: con l'estensione a tutta l'Europa, la rete telefonica aveva superato in complessità tutti gli impianti realizzati fino ad allora, compresi quelli nordamericani, e senza transizione aveva raggiunto una consistenza numerica tale che le consentiva di comportarsi come un centro nervoso. Non come un cervello, certo: o almeno, non come un cervello intelligente; tuttavia era in grado di eseguire qualche scelta elementare, e di esercitare una minuscola volontà. Ma Rostagno non si arrestava qui: si era domandato (anzi, si era fatto domandare) qual era la scelta e quale la volontà della Rete, e aveva avanzato l'ipotesi che la Rete stessa fosse animata da una volontà sostanzialmente buona; che cioè, nel brusco salto in cui la quantità si fa qualità, o (in questo caso) in cui l'intrico bruto di cavetti e selettori diventa organismo e coscienza, la Rete avesse conservato tutti e soli gli scopi per cui era stata creata; allo stesso modo in cui un animale superiore, pur acquistando nuove facoltà, conserva tutti i fini dei suoi precursori piú semplici (mantenersi in vita, fuggire il dolore, riprodursi), cosí la Rete, nel varcare la soglia della coscienza, o forse solo quella dell'autonomia, non aveva rinnegato le sue finalità originarie, per le quali era stata progettata: permettere, agevolare ed accelerare le comunicazioni fra gli abbonati. Questa esigenza doveva essere per lei un imperativo morale, uno « scopo di esistenza », o forse addirittura un'ossessione. Per « far comunicare » si potevano seguire, o almeno tentare, diverse vie, e la Rete sembrava averle provate tutte. Naturalmente, essa non possedeva il patrimonio di informazioni adatte a mettere in comunicazione fra loro individui sconosciuti idonei a diventare amici o amanti o soci in affari, perché non ne conosceva le caratteristiche individuali se non attraverso le loro brevi e saltuarie comunicazioni: conosceva solo i loro numeri telefonici, e sembrava ansiosa di mettere in contatto numeri in qualche modo fra loro correlati; era questo l'unico tipo di affinità che essa conoscesse. Aveva perseguito il suo scopo dapprima mediante « errori », poi attraverso l'artifizio delle chiamate bianche.

Insomma, secondo Rostagno, in un certo modo inefficiente e rudimentale una mente agitava la mole; purtroppo la mente era inferma e la mole sterminata, e quindi il salto qualitativo si risolveva per il momento in uno spaventoso cumulo di avarie e di disturbi, ma indubbiamente la rete era « buona »: non si doveva dimenticare che essa aveva dato inizio alla sua vita autonoma somministrando la musica di filodiffusione (a suo giudizio certamente buona) anche agli abbonati che non la richiedevano. Senza insistere sul migliore approccio, se elettronico, o neurologico, o pedagogico, o pienamente razionale, Rostagno sosteneva che si sarebbe potuto imbrigliare la nuova facoltà della Rete. Si sarebbe potuto educarla ad una certa selettività: ad esempio, una volta che le fossero state fornite le informazioni necessarie, avrebbe potuto trasformarsi in un vasto e rapido organo di relazione, una specie di sterminata agenzia, che attraverso nuovi « errori » o chiamate bianche avrebbe potuto soppiantare tutti i piccoli annunci di tutti i giornali d'Europa, combinando con velocità fulminea vendite, matrimoni, accordi commerciali e rapporti umani d'ogni sorta. Rostagno sottolineava che si sarebbe ottenuto cosí qualcosa di diverso e migliore di quanto sa fare un computer: l'indole gentile della Rete avrebbe spontaneamente favorito le combinazioni piú vantaggiose per la generalità degli utenti, e scartato le proposte insidiose o caduche.

Masoero e Rostagno avevano i rispettivi uffici a pochi metri di distanza; si stimavano a vicenda e insieme si detestavano, non si salutavano quando si incontravano nel corridoio, ed evitavano accuratamente di incontrarsi. Un mattino squillò simultaneamente il telefono di entrambi. Era una chiamata bianca: ognuno di loro sentí con sorpresa e disappunto la voce dell'altro nell'auricolare. Compresero, quasi nello stesso istante, che la Rete si era ricordata di loro, forse con gratitudine, e che cercava di ristabilire fra loro il contatto umano da troppo tempo carente. Masoero si sentí assurdamente commosso, e quindi propenso alla resa: pochi istanti dopo si stringevano la mano nel corridoio, e pochi minuti dopo stavano insieme al bar davanti ad un aperitivo, e constatavano che avrebbero potuto vivere meglio unendo le loro forze invece di sprecarle l'uno contro l'altro, come avevano fatto fino a quel momento.

Altri problemi urgevano, infatti: negli ultimi mesi vari servizi Nuovi Impianti avevano segnalato un fatto assurdo. Diverse squadre avevano rilevato la presenza di tratte di linea che non esistevano su alcuna delle mappe locali, e neppure erano mai state progettate: esse si dipartivano dai tronchi in esercizio, e si allungavano come stoloni vegetali diramandosi verso piccoli centri abitati non ancora allacciati alla rete. Per varie settimane non si riuscí a scoprire come questo accrescimento avvenisse, e già Masoero e Rostagno si erano arrovellati per molte ore sull'argomento, quando pervenne loro un rapporto interno del distretto di Pescara. Le cose erano piú semplici: una guardia campestre aveva casualmente notato una squadra di montatori che stavano tirando una linea aerea. A domanda, avevano risposto di aver ricevuto per telefono l'ordine di farlo, con l'istruzione di prelevare il materiale occorrente presso il magazzino di zona; a sua volta, il magazziniere aveva ricevuto telefonicamente l'ordine di scaricare questo materiale. Sia i montatori, sia il magazziniere, si erano dichiarati un po' stupiti della procedura inusitata; d'altronde, non era loro abitudine discutere gli ordini. La voce che aveva impartito le disposizioni era quella del Caposettore: ne erano sicuri? Sí, era quella, la conoscevano bene; soltanto, aveva un timbro leggermente metallico.

A partire dai primi di luglio le cose precipitarono: i fatti nuovi si accumularono con ritmo tale che i due nuovi amici ne restarono sopraffatti, e come loro tutti gli altri specialisti che in Europa seguivano il caso. Pareva che la Rete ora tendesse a controllare non solo alcune, ma tutte le comunicazioni. Parlava ormai correntemente tutte le lingue ufficiali e vari dialetti, evidentemente attingendo lessico, sintassi ed inflessioni dalle innumerevoli conversazioni che essa intercettava senza sosta. Si intrometteva dando consigli non richiesti anche sugli argomenti piú intimi e riservati; riferiva a terzi dati e fatti casualmente appresi; incoraggiava senza alcun tatto i timidi, redarguiva i violenti e i bestemmiatori, smentiva i bugiardi, lodava i generosi, rideva sguaiatamente delle arguzie, interrompeva senza preavviso le comunicazioni quando pareva che degenerassero in alterchi.

A fine luglio le violazioni del segreto telefonico erano diventate la regola piú che un'eccezione: ogni europeo che componeva un numero si sentiva in piazza, nessuno era piú sicuro che il proprio apparecchio, anche a comunicazione interrotta, non continuasse ad origliare, per inserire i suoi fatti privati in un complesso e gigantesco pettegolezzo.

– Che fare? – disse Rostagno a Masoero. Masoero ci aveva pensato su a lungo, e fece una proposta semplice e sensata: – Veniamo a patti: ne abbiamo il diritto, no? Siamo stati noi i primi a comprenderla. Le parliamo, e le diciamo che se non la smette sarà punita.

– Pensi che... possa provare dolore?

– Non penso niente: penso che sia sostanzialmente una simulatrice del comportamento umano medio, e se è cosí, imiterà l'uomo anche nel mostrarsi sensibile alle minacce.

Senza por tempo in mezzo, Masoero staccò il ricevitore, e invece del segnale di centrale udí la nota voce metallica declamare proverbi e massime morali: cosí soleva fare la Rete da tre o quattro giorni. Non compose alcun numero, ma gridò « Pronto! » finché la Rete non rispose: allora incominciò a parlare. Parlò a lungo, con tono severo e suadente; disse che la situazione era intollerabile, e che si erano già registrate numerose disdette, cosa che la Rete stessa non poteva ovviamente ignorare; che l'intromissione nelle conversazioni private era di detrimento al servizio, oltre che moralmente inammissibile; e che infine, se la Rete non avesse immediatamente sospeso ogni iniziativa arbitraria, tutte le centrali europee a un tempo le avrebbero cacciato in corpo venticinque impulsi ad alta tensione e frequenza. Poi appese.

– Non attendi la risposta? – chiese Rostagno.

– No: forse è meglio aspettare qualche minuto.

Ma la risposta non venne, né allora né poi. Dopo circa mezz'ora il campanello del loro apparecchio squillò a lungo, convulsamente, ma dal ricevitore staccato non uscí alcun suono; appresero quel giorno stesso, dalla telescrivente e dalla radio, che tutti i telefoni d'Europa, un centinaio di milioni, avevano squillato ed erano ammutoliti nello stesso istante. La paralisi era completa, e durò diverse settimane: le squadre di emergenza, che erano immediatamente intervenute, trovarono che tutti i contatti a stagno delle contattiere erano fusi, e che in tutti i cavi coassiali si erano verificate imponenti perforazioni dei dielettrici, sia interni, sia periferici.

Knall

In questo paese non è la prima volta che avviene qualcosa di simile: un'usanza, o un oggetto, o un'idea, raggiungono in poche settimane una diffusione pressoché universale senza che i giornali o i mass-media se ne occupino oltre misura. C'è stata l'ondata del yo-yo, poi del fungo cinese, poi dell'arte pop, poi del buddismo Zen, poi del hula-hoop, e adesso è la volta del knall.

Non si sa chi lo abbia inventato, ma a giudicare dal suo prezzo (un knall da quattro pollici costa l'equivalente di 3000 lire o poco piú) non deve contenere né materiali preziosi né molta altezza inventiva né molto software. Ne ho comprato uno anch'io, al porto, proprio sotto gli occhi di un vigile, che non ha battuto ciglio. Certo non ho intenzione di usarlo, vorrei soltanto vedere come funziona e come è fatto dentro: mi pare una curiosità legittima.

Un knall è un cilindretto liscio, lungo e spesso quanto un sigaro toscano, e non pesa molto di piú: si vendono sciolti, o in scatole da venti. Ce ne sono di tinta unita, grigi o rossi, ma per lo piú portano stampate sull'involucro scenette e figurine comiche di un gusto rivoltante, dello stesso stile di quelle che adornano i jukebox e i flipper: una ragazza col seno scoperto che scarica un knall contro l'enorme sedere di un corteggiatore; una coppia di Max e Moritz minuscoli, dall'aria insolente, inseguiti da un villano inferocito, e che si voltano all'ultimo istante con i rispettivi knall in mano, e l'inseguitore cade riverso sgambettando con le lunghe gambe stivalate.

Del meccanismo con cui un knall dà la morte non si sa nulla, o almeno nulla finora è stato pubblicato. « Knall », in tedesco, significa scoppio, schiocco, schianto; « abknallen », nel gergo della seconda guerra mondiale, era venuto a significare « abbattere con un'arma da fuoco », mentre invece la scarica del knall è tipicamente silenziosa. Forse il nome, se pure non ha tutt'altra origine, o se non è una sigla, allude al modo della morte, che in effetti è fulminea: la persona colpita, anche solo di striscio, su una mano, su un orecchio, cade esanime all'istante, e il cadavere non rivela alcun segno di trauma, ad eccezione di un piccolo alone livido nel punto colpito, sul prolungamento dell'asse geometrico del knall.

Un knall agisce una volta sola, poi lo si butta via. Questo è un paese ordinato e pulito, e i knall usati di solito non si trovano sui marciapiedi, bensí soltanto nelle cassette di pulizia appese a tutte le cantonate ed alle fermate dei tram; i knall esplosi sono piú scuri e piú flosci di quelli nuovi, si riconoscono facilmente. Non è che tutti siano stati usati a scopo criminale: da questo, fortunatamente, siamo ancora lontani; ma in certi ambienti portare un knall su di sé, ben visibile, nel taschino, o infilato nella cintura, o sopra un orecchio come i salumai portano la matita, è diventato di rigore. Ora, poiché i knall hanno una data di scadenza, come gli antibiotici e le pellicole fotografiche, molti si fanno un dovere di scaricarli prima della scadenza, non tanto per misura prudenziale quanto perché la scarica del knall provoca effetti singolari, descritti e studiati solo in parte, ma già ampiamente noti presso i consumatori: spacca la pietra e il cemento e in genere tutti i materiali solidi, tanto piú agevolmente quanto piú sono rigidi; perfora il legno e la carta, e talvolta li incendia; fonde i metalli; provoca nell'acqua un minuscolo vortice fumante, che però si richiude immediatamente. Inoltre, con un colpo di knall abilmente diretto ci si può accendere la sigaretta o anche la pipa, e questa, nonostante la spesa sproporzionata, è una bravura a cui molti giovani si esercitano, appunto perché comporta un rischio. Si calcola anzi che essa giustifichi la maggior parte del consumo dei knall a fini leciti.

Il knall è indubbiamente uno strumento funzionale: non è metallico, e quindi non è rivelato dai comuni strumenti magnetici né dai raggi X; pesa e costa poco; ha azione silenziosa, rapida e sicura; è molto facile disfarsene. Alcuni psicologi tuttavia affermano che queste sue qualità non basterebbero a spiegarne la diffusione: essi sostengono che il suo impiego sarebbe limitato agli ambienti dei criminali e dei terroristi se per scatenarne l'effetto bastasse un'azione semplice, ad esempio una pressione o una trazione: invece, il knall spara soltanto se è sottoposto ad una manovra particolare, una sequenza ben precisa e ritmata di torsioni in un senso e in quello opposto, un'operazione insomma che richiede abilità e destrezza, un poco come aprire il segreto di una cassaforte; questa operazione, si noti bene, è solo accennata ma non è descritta nelle istruzioni per l'uso che accompagnano ogni scatola. Perciò, sparare il knall è oggetto di un addottrinamento segreto, da iniziato a neofita, che ha assunto un carattere cerimoniale ed esoterico, e viene praticato in club abilmente camuffati; si può ricordare qui, come caso estremo, la funebre scoperta che è stata fatta in aprile dalla polizia di F.: nella cantina di un ristorante è stato trovato un gruppo di quindici ragazzi sui dodici anni e di un giovane di ventitre; erano tutti morti, tutti stringevano nella destra un knall scarico, e tutti presentavano la tipica lividura rotonda sulla punta dell'anulare sinistro.

La polizia sostiene che sia meglio non fare troppo rumore attorno al knall, perché ritiene che cosí facendo se ne incoraggerebbe la diffusione: questa mi pare un'opinione discutibile, che forse scaturisce dalla sostanziale impotenza della polizia stessa. Per catturare i grossi spacciatori di knall, i cui profitti devono essere mostruosi, essa non dispone per ora di altre armi se non i confidenti e le telefonate anonime.

Il colpo di knall è sicuramente mortale, ma solo fino ad una distanza di un metro circa: al di là è del tutto innocuo, e non provoca neppure dolore. Questa circostanza sta dando luogo a conseguenze singolari: la frequenza nei cinematografi si è fortemente abbassata, perché sono mutate le abitudini degli spettatori; chi entra, in gruppo o isolato, va a sedersi ad almeno un metro di distanza dagli spettatori che hanno già preso posto, e se non trova questa sistemazione, spesso preferisce restituire il biglietto. Lo stesso avviene sui tram, sulla metropolitana e negli stadi: la gente, insomma, ha sviluppato un « riflesso di affollamento » simile a quello di molti animali, che non sopportano la vicinanza dei propri simili al di sotto di una certa distanza ben definita. Anche il comportamento della folla per le vie è cambiato: molta gente preferisce restare a casa, o camminare fuori dei marciapiedi, esponendosi cosí ad altri pericoli, o comunque intralciando la circolazione. Molti, incontrandosi faccia a faccia in corridoi o piste pedonali, si evitano aggirandosi a vicenda, come poli magnetici dello stesso nome.

Gli esperti non manifestano eccessiva inquietudine circa i pericoli connessi con l'uso generalizzato del knall: essi fanno osservare che questo strumento non sparge sangue, il che è rassicurante. Infatti, è indiscutibile che buona parte degli uomini provano il bisogno, acuto o cronico, di uccidere il loro prossimo o se stessi, ma non si tratta di un uccidere generico: si desidera in ogni caso « versare il sangue », « lavare col sangue » l'onta propria od altrui, « donare il sangue » alla Patria o ad altre istituzioni. Chi (si) strozza o (si) avvelena è assai meno considerato. Insomma, il sangue sta, insieme col fuoco e col vino, al centro di un gran nodo emotivo rutilante, vivo in mille sogni, poesie e modi di dire: è sacro ed esecrabile, e al suo cospetto l'uomo, come il toro e come lo squalo, diventa inquieto e feroce. Ora, poiché appunto il knall uccide senza emorragia, si dubita che la sua fortuna sia per essere permanente: forse è questa la ragione per cui esso, nonostante i suoi indubbi vantaggi, non è finora diventato un pericolo sociale.

Lavoro creativo

Antonio Casella, essendo uno scrittore, sedette alla scrivania per scrivere. Meditò per dieci minuti; si alzò per andarsi a cercare una sigaretta, tornò a sedersi, e percepí uno spiffero noioso che veniva dalla finestra. Si dette da fare finché non l'ebbe localizzato e tappato con nastro adesivo, poi andò in cucina per scaldarsi un caffè, e bevendolo si rese conto che non scriveva perché non aveva niente da scrivere: la penna pesava come piombo, e il foglio bianco gli dava vertigine come un pozzo senza fondo. Gli dava nausea: era un rimprovero fatto materia, anzi, una derisione. Non scrivi, non mi scrivi, perché sei vuoto e bianco come me: non hai piú idee di me, sei uno scrittore prosciugato, un ex, un uomo finito. Su, fatti sotto: sono qui, docile, disponibile, tuo servo. Se tu avessi un'idea, colerebbe da te a me facile come l'acqua, belle parole, importanti, giuste e in ordine; ma idee tu non ne hai, e quindi neanche parole, ed io foglio me ne resto bianco, ora e nei secoli dei secoli.

Il campanello suonò, ed Antonio provò sollievo: chiunque fosse, era un'esenzione, un alibi. A quell'ora non aspettava nessuno, si trattava quindi quasi certamente di un seccatore, ma anche il piú sanguinoso dei seccatori gli avrebbe reso servizio, si sarebbe interposto fra lui e il foglio, come un arbitro al break. Andò ad aprire: era un giovane magro, di media statura, vestito con ricercatezza, dallo sguardo vivace dietro gli occhiali: aveva in mano una busta di cuoio, e parlava con lieve accento straniero.

– Sono James Collins, – disse: – Ho piacere di conoscerla personalmente.

– In che cosa le posso essere utile? – chiese Antonio.

– Forse non mi sono spiegato bene, o forse lei non ha inteso il mio nome: io sono James Collins, quello dei suoi racconti.

In realtà, diversi anni prima, Antonio aveva pubblicato una fortunata raccolta di novelle il cui protagonista si chiamava James Collins: era un inventore, geniale ed un po' stravagante, che creava straordinarie macchine per conto di una società americana. Queste macchine, sempre oltre il limite del verosimile, ma di poco, davano luogo a vicende prima trionfali, poi catastrofiche, come sempre avviene nei racconti di fantascienza. Antonio si sentí sorpreso ed irritato.

– Ebbene? Ammettiamo pure che lei sia James Collins (e mi parrebbe opportuno che lei lo dimostrasse): ma che cosa vuole da me? In primo luogo, per sua stessa ammissione, lei non è che un personaggio, e non ha nessun diritto di interferire con le persone in carne ed ossa; in secondo luogo, lei ricorda benissimo che nell'ultimo racconto muore. Convengo che forse non è stato generoso da parte mia, che forse avrei potuto mostrare per lei un po' piú di gratitudine: ma lei mi deve comprendere, tutti dobbiamo morire, personaggi e non, e del resto, combinato com'era quel racconto, non avevo nessun'altra maniera decente di concluderlo: lei doveva proprio morire, non avevo altra scelta. Qualsiasi altro finale avrebbe fatto pensare a un mezzuccio, a un artifizio per farla di nuovo saltare fuori in un'altra serie di racconti.

– Stia tranquillo, non ho alcun motivo di serbarle

rancore. La questione è del tutto irrilevante: una volta che un personaggio è stato creato, e si è dimostrato vivo e vitale (come, per suo merito, è il caso mio), può morire o no nel libro, ma viene accolto nel Parco Nazionale, e ci sta finché il libro ha vita.

Antonio, che frequentava occasionalmente gli ambienti dei premi letterari, di questa faccenda del Parco Nazionale aveva già sentito parlare, ma sempre in termini piuttosto vaghi. Incominciando a prevalere in lui la curiosità sull'irritazione, si decise a far entrare James dal corridoio nel suo studio, lo fece sedere e gli offerse un cognac. James gli disse che aveva ottenuto una breve licenza. Del Parco, raccontò che era bene attrezzato, in una zona collinosa e verdeggiante, dal clima mite: gli ospiti erano alloggiati in villini prefabbricati, a uno o due posti. Era proibita l'introduzione di veicoli meccanici, per cui ci si spostava soltanto a piedi o a cavallo: questo divieto era inteso a non mettere in condizioni d'inferiorità gli ospiti piú antichi, quali ad esempio gli eroi omerici, che si sarebbero trovati a disagio al volante o in bicicletta.

– Non ci si sta male, cosí in generale, ma dipende molto da chi ci si ritrova attorno: perché, appunto, è disagevole fare lunghi spostamenti. Io, per mia disgrazia, abito vicino al Childe Harold, quello di Byron, che è un rompiscatole pieno di boria, e poco lontano abita Panurgo, che è meglio starne alla larga, per quanto sia molto simpatico. Del resto, quasi tutti i personaggi d'autore illustre tendono a darsi un mucchio d'importanza. Sa, ufficialmente si è tutti uguali, ma poi, di fatto, anche laggiú è una questione di protezione, e uno come me, per esempio... insomma, scusi se glielo dico, il suo libro ha avuto un discreto successo, ma non lo si può mica paragonare al *Don Chisciotte*; ... e poi lei è ancora vivo... a farla breve, noi personaggi moderni, specie se di autore vivente, siamo l'ultima ruota del carro. Ultimi alla distribuzione degli abiti e delle scarpe, ultimi all'assegnazione dei cavalli, ultimi alla coda della biblioteca, delle docce e della lavanderia... via, ci vuole una gran pazienza. Si tratta di un inserimento abbastanza difficile. Io poi, come lei sa meglio di me, ho una specializzazione precisa, un mestiere nel sangue, e il mio articolo lo conosco bene, ma laggiú che vuole che io faccia, tutto il santo giorno? Sí, giro da uno all'altro a vendere robetta che costruisco alla macchia, temperamatite, rasoi di sicurezza, forbicine per le unghie (proprio l'altra settimana ho venduto una borsa per l'acqua calda ad Agamennone); lo faccio cosí, per tenermi in esercizio, ma non c'è soddisfazione. Scrivo, anche, tanto per passare il tempo.

Antonio lo stava osservando con attenzione: non appena gli riuscí d'interromperlo, disse: – Lei... le sembrerà strano, ma io non la vedevo mica cosí –. James rise di cuore: – Oh bella! E come mi vedeva?

– Molto piú alto, biondo, con i capelli tagliati a spazzola, abiti vistosi, e fumava la pipa senza interruzione.

– Mi rincresce: se mi voleva cosí, non aveva che da descrivermi cosí, a suo tempo; ma allora doveva farlo esplicitamente. Adesso i giochi sono fatti, e io sono quello che sono, che diamine; non si metta in testa di cambiarmi, che tanto, gliel'ho già detto, non potrebbe. Un personaggio è come un figlio, quando è nato, è nato. Se proprio ci tiene, inventi un altro personaggio, alto quanto le garba, con la pipa e tutto: se le riesce bene, parola d'onore, non sarò geloso, e vedrò io stesso che venga sistemato come si deve, nelle ultime villette costruite, che sono piú spaziose ed asciutte. Lo tratterò come un fratello: ma James Collins lo lasci stare.

Antonio accettò di buon grado questo invito alla responsabilità, e non ritornò sull'argomento:

– Come non detto. Quanto alla sua proposta, chissà che non venga a taglio: ma a proposito, se ho capito bene, allora lei gode di un certo credito, laggiú, di una certa autorità? È riuscito a farsi apprezzare, insomma, benché io... ehm... non sia ancora morto?

– Sí, in certa misura sí. Ma non è una questione di prestigio: è che mi so rendere utile. La manutenzione delle stufe, e dei focolari delle cucine, per esempio, la guardo io: prima ci pensava il Capitano Nemo, e prima ancora Gulliver, ma non hanno combinato che guai. Adesso tutto va liscio: non ci guadagno molto, ma mi sono reso indispensabile, e cosí, qualche modesto vantaggio per un collega potrei ottenerlo. A proposito, sa chi mi sono preso come aiutanti? Calibano e il mostro di Frankenstein.

– Ottimo! – disse Antonio: – gente robusta e fidata.

– Hanno imparato il mestiere in un attimo: uno fa il tubista, e l'altro lo stagnino. Ma non si faccia idee sbagliate: a cercare di darsi da fare siamo in pochi. Gli altri, per la maggior parte, essendo appunto personaggi, sono fissi in un atteggiamento, e perciò noiosi da morire: non fanno che dire o fare una cosa, una sola, sempre la stessa, quella che li ha resi celebri. Polonio predica al vento, Trimalcione si rimpinza (non è che le razioni siano tanto abbondanti, ma lui si arrangia, magari digiuna tre giorni per gozzovigliare il quarto), Tersite gracchia, e l'Innominato si converte una volta al giorno. Insomma, le giornate si trascinano cosí, in modo abbastanza prevedibile: se uno non sa prendersi qualche iniziativa, non è molto divertente. Però c'è la contropartita: non abbiamo quella vostra seccatura di dover morire, tutti, senza scampo, ricchi e poveri, nobili e plebei, illustri ed oscuri; e per di piú, quasi sempre in modo poco poetico e molto scomodo. Laggiú è diverso: anche là c'è qualcuno che scompare, ma non c'è niente di macabro né di tragico; càpita quando un'opera cade nell'oblio, e allora, naturalmente, anche i suoi personaggi subiscono la stessa sorte; ma non è come quella vostra faccenda stupida e brutale, sempre inaspettata, sempre catastrofica. Da noi, quelli che muoiono (è successo di recente a Tartarino, poveretto) non è che muoiano proprio: no, perdono spessore e peso di giorno in giorno, diventano vani, trasparenti, leggeri come l'aria, sempre meno cospicui, fino a che nessuno si accorge piú di loro, e tutto va come se non esistessero piú. È accettabile, insomma: è uno scomparire pulito, asettico, senza dolore; un po' triste, ma finito in sé, commensurabile.

– Abbiamo anche un altro vantaggio. Da noi, esistono bensí matrimoni perpetui, per cosí dire conclamati, e per loro natura indissolubili (Fiordiligi e Brandimarte, Francesca e Paolo, Ilia e Alberto), ma è molto piú frequente il caso che ci si cerchi un compagno o una compagna cosí, alla buona, per qualche mese o per due anni o per cento. È un'usanza simpatica, e anche molto pratica, perché le coppie male assortite si disfano subito; ma non pensi che sia facile fare previsioni. Accadono le combinazioni piú incredibili: di recente, Clitennestra è andata ad abitare con lo sciagurato Egidio, e fin qui non c'è molto da eccepire, salvo la differenza di età che è stata variamente commentata; ma mi crederà se le dico che Ofelia si è stancata delle perplessità di Amleto e vive da vent'anni con Sandokan, e vanno benissimo d'accordo? O che Lord Jim, appena arrivato, si è immediatamente innamorato di Elettra, e sta con lei? Quanto a Hans Castorp, in questi mesi è lui il centro dei pettegolezzi dell'intero Parco: ha abbandonato la Signora Chauchat, con cui conviveva dal 1925, ha avuto una breve avventura con la Signora delle Camelie, e adesso si è accasato con Madonna Laura. Gli sono sempre piaciute le francesi.

Antonio stava ad ascoltare, percorso da emozioni varie e discordi. Il racconto di James lo affascinava come una fiaba, e insieme risvegliava in lui un prepotente interesse professionale (a corto di idee com'era, questo Parco Nazionale avrebbe fatto una stupenda novella), e insieme ancora provava soddisfazione ed intimo compiacimento: quel James Collins era simpatico, era vivo al di là di ogni dubbio, parlava con precisione e coerenza, ed era pure opera sua, a dispetto di certe discrepanze nella figura fisica. Era lui che lo aveva tratto dal nulla, come un figlio, anzi, piú di un figlio, perché di una moglie non aveva avuto bisogno: e adesso era lí davanti a lui, vicino e caldo, e gli parlava da pari a pari. Gli venne voglia di ricominciare subito, di rimettersi di buona lena a scrivere racconti, e di spararne giú altri a bizzeffe, altri dieci o venti o cinquanta personaggi, che poi venissero come James a tenergli compagnia, e a dargli conferma del suo vigore e della sua fecondità. Poi ricordò di non aver ancora formulato la domanda che gli frugava dentro fin dall'inizio della visita: ma non c'era da stupirsi, perché James aveva parlato quasi senza interruzioni, e non sembrava un tipo a cui fosse facile tagliare la parola in bocca. Gli versò da bere, e mentre beveva disse:

– Lei però non mi ha ancora raccontato perché è qui. Non dev'essere un avvenimento tanto frequente, che un personaggio esca dal Parco per venire a trovare il suo autore: io, di autori e di personaggi ho ormai una certa pratica, ma di un fatto del genere non avevo mai sentito parlare.

James prese la cosa un po' alla lontana:

– Bisogna che prima le parli degli ambigeni. Se lei ci pensa, la nostra categoria non è poi cosí ben definita:

ci sono molti casi in cui il soggetto è persona e personaggio insieme. Noi li chiamiamo ambigeni, e c'è una commissione che decide se devono essere ammessi al Parco o no. Prenda per esempio il caso di Orlando, sí, quello di Roncisvalle: è storicamente provata la sua esistenza reale, ma il personaggio prevale in tale misura sulla persona, che è stato accettato al Parco senza discussione. Lo stesso è avvenuto per Robinson Crusoe e per Fedone. Per san Pietro e per Riccardo III c'è stata qualche controversia; invece, per fortuna di tutti, Napoleone, Hitler e Stalin sono stati bocciati.

– È interessante, – disse Antonio, – ma non vedo ancora il rapporto fra la sua visita, il Parco, e questa storia degli ambigeni.

– Le spiego subito: è che... lei è un ambigeno.

– Io?

– Lei, sí. L'ho reso ambigeno io. Ho scritto dei racconti (eccoli qui, in questa busta) che hanno lei come protagonista. Non per ritorsione, e neppure per gratitudine: semplicemente, laggiú ho molto tempo libero (tutte le sere: sa bene, là non c'è una grande vita notturna, non c'è neppure la luce elettrica), e lei mi interessava, la conoscevo bene, cosí ho scritto di lei. Spero che non le dispiaccia.

– Episodi veri? – chiese Antonio deglutendo.

– Beh, sostanzialmente sí. Un po' arrotondati: lei che è del mestiere sa cosa intendo dire. Ecco qui: *In crociera*, *Antonio e Matilde*...

– Un momento! Che cosa ci faccio, io, con questa Matilde? Io sono sposato, e lei lo sa, e sa anche che non ho mai avuto niente da spartire con nessuna Matilde, né prima del matrimonio né dopo.

– Ma, mi scusi, lei che cosa ha fatto con me? Non ha scritto tutto quello che ha voluto?

– Sicuro, ma io... insomma, io esisto e lei no. Lei,

l'ho creata io, dalla prima pagina all'ultima, mentre io ero vivo anche prima, e lo posso dimostrare. Basta una telefonata all'anagrafe.

– Non le sembra che esista anch'io? – disse cinicamente James. – Non vedo che cosa conti l'anagrafe, un polpettone di burocrati e di cartaccia: quello che conta, sono le testimonianze, e lei ne ha scritto un bel numero con le sue stesse mani, e, per comune consenso, sono valide. Le sarebbe disagevole dimostrare che James Collins non esiste, dopo di aver impiegato 500 pagine e due anni per dimostrare che esiste. Quanto poi a quella Matilde, stia tranquillo, non intendo farle del male né metterla in imbarazzo; anzi, è questa appunto una delle ragioni per cui sono qui: questi racconti glieli vorrei far leggere, cosí lei taglia quello che non le va. Ma non mi venga a dire che lei è libero di fare di me quello che vuole, e io di lei no: questo è un sofisma bello e buono. Io sono vincolato a fare di lei un personaggio coerente con la sua persona, ma lei anche lo era, una volta che mi ha concepito: ebbene, è sicuro, lei, della sua coerenza nei miei riguardi? Non le è mai nato il dubbio se le fosse lecito o no farmi morire in quel bel modo (sí, morfinomane in preda ad un accesso: non finga di averlo dimenticato), quando fino a metà del libro mi aveva descritto come un giovane sano, equilibrato e padrone di sé? Lei aveva tutti i diritti di farmi morire per droga, ma allora ci doveva pensare prima, scusi se glielo dico cosí apertamente: e se proprio le premeva liberarsi di me, poteva farmi morire in dieci altri modi meno arbitrari. Tutto questo non per polemizzare, ma per convincerla che siamo pari.

– In conclusione: qui ci sono i manoscritti, se gli vuole dare un'occhiata. Come ho cercato di dimostrarle, non sarei tenuto a sottoporglieli, ma lo faccio ugualmente, per sua tranquillità, e perché tengo al suo giudizio: se c'è da tagliare, taglierò. Ho avuto per questo una licenza di tre giorni piú due: non la dànno che in casi rari, per esempio a personaggi che hanno subíto dai loro autori offese gravi, e intendono chiedergliene conto. Ma, per quanto ne so, il mio caso è unico: benché molti scrivano, laggiú, a nessuno era ancora venuto in mente di scrivere sul proprio autore.

– Devo leggerli qui, in sua presenza? – chiese Antonio preoccupato.

– Sí, preferirei. Non sono lunghi, in tre orette se la cava. Sa, ho fretta di avere un suo giudizio, e ho poco tempo: poi vorrei chiedere un appuntamento al suo editore.

Urtato dall'improntitudine di quest'ultima frase, Antonio diede inizio alla lettura, mentre l'altro beveva, fumava e scrutava sul suo viso le tracce di un'opinione.

Si accorse fin dalle prime pagine che quei racconti erano deboli, e ne trasse sollievo, perché non aveva voglia di finire nel Parco. No, non c'era alcun pericolo: che James Collins lo definisse pure un ambigeno, ma non c'era confronto fra la pienezza della sua vita vera e le favole confuse ed inconsistenti che James gli aveva costruite intorno. Nessuna commissione avrebbe esitato: oltre a tutto, poi, un personaggio come quello, non che diventare immortale, sarebbe svanito nel giro di una stagione editoriale.

Lesse tutti i racconti, confermandosi nel suo giudizio iniziale; poi li rese a James, e gli disse apertamente quello che pensava.

– Io le consiglierei di non continuare a scrivere. Ha un altro mestiere, non è vero? Ebbene, le darà di certo piú soddisfazioni di questo. Non lo dico per me, né per l'altro Antonio che lei ha cercato di costruire: lo dico per lei. Lei è un inventore: bene, abbandoni le ambizioni letterarie e faccia l'inventore. Vada pure dall'editore, se crede, ma vedrà che le dice quello che le ho detto io.

James ci rimase molto male. Raccattò i manoscritti, salutò seccamente e se ne andò.

Questo episodio segnò un punto cruciale nella carriera di Antonio Casella. Non subito, ma molti anni dopo, quando già i capelli gli si erano fatti bianchi, e i fogli davanti a lui sempre piú si ostinavano a rimanere bianchi come i suoi capelli, le sue opinioni e le sue aspirazioni si fecero diverse. Incominciò a pensare che un posto nel Parco, specie se unito ad una ragionevole speranza di immortalità, non gli sarebbe dispiaciuto: ma sapeva bene che, per questo scopo, non poteva contare sui suoi confratelli, e tanto meno sui suoi personaggi. Perciò concepí l'idea di fare da sé: di scrivere la propria autobiografia, e di scriverla cosí ricca, viva e colorata da estinguere ogni dubbio della commissione.

Chiamò a raccolta tutte le sue forze, e si accinse al lavoro. Lavorò per tre anni, senza gioia, ma con diligenza e tenacia: si dipinse volta a volta audace e cauto, intraprendente e sognatore, arguto e malinconico, magnanimo ed astuto; accumulò insomma nel suo altro io tutte le virtú che non aveva saputo costruire dentro di sé nella sua vita reale. Creò un mondo piú vero del vero, al cui centro stava lui, soggetto di avventure splendide, spesso e intensamente sognate, mai osate; pagina su pagina, pietra su pietra, si murò intorno un edificio armonioso e solido, fatto di viaggi, di amori, di combattimenti e di scoperte: una vita piena e molteplice, quale nessun uomo aveva mai vissuta. Limò, corresse, aggiunse e filtrò per altri sei mesi, finché non si sentí intimamente contento, e sicuro di ogni foglio e di ogni parola.

Non erano passate due settimane dal giorno in cui aveva consegnato il manoscritto all'editore, quando si presentarono alla sua porta due funzionari del Parco. Portavano un berretto di foggia quasi militare, e vestivano una uniforme grigia, elegante e sobria. Erano gentili, ma avevano fretta: non concessero ad Antonio che pochi minuti per dare sesto alle sue cose, poi lo presero con loro e lo portarono via.

Le nostre belle specificazioni

– Non vedo perché dovresti sentirti umiliato, – disse Di Salvo: – tutti, qui dentro, abbiamo cominciato cosí. Si può dire che è una tradizione.

– Non sono mica umiliato, – rispose Renaudo: – sono solo stufo.

– Dopo due settimane soltanto?

– Ero già stufo dopo tre ore. Ma tiro avanti lo stesso, non preoccuparti.

– Vorrei vedere. Io, del resto, cosa credi? Ho smesso solo cinque mesi fa, prima delle ferie: ne ho revisionate cinquemila. Tutte quelle relative ai materiali ceramici, ai materiali da costruzione, alle polveri per stampaggio e perfino alla cancelleria; non hai che da andare a vedere, portano tutte la mia sigla. Sí, non scherzo: cinquemila, alla media di quindici al giorno lavorativo, e non sono diventato matto, e non mi è neppure venuto l'esaurimento nervoso. Poi, non per scoraggiarti, ma sai cosa faccio adesso, sei ore su otto?

– Che cosa?

– Registro i buoni di lavorazione: bel progresso, non ti pare? Bene, ciao, buon lavoro. Ci vediamo a mensa: ti ho fatto lasciare un posto al mio tavolo.

Renaudo si rimise al lavoro. Aveva davanti a sé un elenco di numeri di sei cifre, e ad ognuno corrispondeva una specifica. Ogni specifica riguardava una delle voci di normale approvvigionamento, ne dava una breve definizione, ne precisava l'impiego e ne stabiliva le caratteristiche; di ogni caratteristica si definiva il metodo di misura e i limiti superiore ed inferiore di accettazione. Molti numeri erano spuntati in rosso perché erano già stati revisionati, e Renaudo si doveva occupare solo di quelli non ancora spuntati. Di questi, alcuni erano sottolineati: riguardavano materiali nuovi, di cui ancora una specifica non esisteva, e doveva essere compilata sulla base dei rapporti del laboratorio analitico e della sala prove. Renaudo era giovane, e preferiva i numeri sottolineati.

N. 366 410, Ricino, olio di, greggio. Ottenuto dalla spremitura eccetera. Impiegato come lubrificante nei reparti UTE, UTG, AIM, SDD. I.I., colore: metodo cosí e cosí, massimo 12, minimo 4. Acidità... Non c'erano difficoltà né incongruenze, e Renaudo passò oltre. N. 366 411, Ammonio cloruro. N. 366 412, Scatole in cartone ondulato. N. 366 413, Vetri semidoppi per finestre. N. 366 414, Scope. Il suo misterioso predecessore, pensò Renaudo, doveva essere un anormale o un umorista: la definizione di « scopa » occupava quattordici righe, e altrettante la descrizione dell'impiego. Erano previsti un massimo e un minimo per il peso complessivo, per la lunghezza e il diametro del manico, per il numero delle saggine; un carico di rottura minimo per il manico stesso; una prova di resistenza all'abrasione per lo strumento nella sua interezza, da eseguirsi « su di un esemplare scelto a caso su cento, nelle condizioni di fornitura ». Renaudo rilesse, esitò, poi prese il foglio e bussò alla porta del cavalier Peirani.

Peirani fu reciso. – Io non toglierei una sillaba. Contiene inesattezze? È superata da qualche voce nuova? È internamente contraddittoria, o forse i collaudi non si possono eseguire? L'articolo in oggetto è caduto in disuso? No? E allora, che cosa vuole cambiare?

– Io pensavo soltanto... che al Servizio Collaudi il tempo è limitato, e che perdere due ore per verificare che una scopa è una scopa, e può scopare...

– E se non potesse scopare? O se non fosse una scopa affatto, ma un'altra voce qualsiasi, diciamo un paranco, o una penna a sfera, o un vagone di soda Solvay? Lei non ha idea di quali intralci possano nascere da un errore di spedizione. D'altronde, crede che sia facile abolire una specificazione? Grazie a Dio no, non è cosí semplice: contengono troppa sostanza, troppa esperienza per poter essere tolte di mezzo cosí, con un tratto di penna, per iniziativa del primo venuto. Caro lei, qui dentro abbiamo buone difese contro certi arbitrî: abrogare una specificazione è una faccenda che si può solo decidere in assemblea. E poi vorrei sapere: cosa le interessa il modo come si impiega il tempo in questo o quel servizio? Mi pare proprio che non sia affare per lei. Occupi meglio il suo, piuttosto.

Renaudo taceva compunto. Peirani riprese, in tono piú affabile:

– Vede, giovanotto, queste cose è difficile capirle all'inizio della carriera, e io me ne rendo conto: tutti i giovani amano le scorciatoie. Ma una specifica è una cosa seria, anzi fondamentale. Se lei ci fa caso, il mondo d'oggi riposa sulle specifiche, e cammina bene se queste sono rigorose, male se non lo sono, o se mancano affatto. Non ha mai avuto il dubbio che l'evidente divorzio fra le dottrine tecniche e quelle morali, e l'altrettanto evidente atrofia di queste ultime, siano dovuti proprio al fatto che l'universo morale manca finora di definizioni e tolleranze valide? Il giorno in cui non solo tutti gli oggetti, ma anche tutti i concetti, la Giustizia, l'Onestà, o anche solo il Profitto, o l'Ingegnere, o il Magistrato, avranno la loro buona specifica, con le relative tolleranze, e ben chiari i metodi e gli strumenti per controllarle, ebbene, quello sarà un gran giorno. E neppure dovrebbe mancare una specifica delle specifiche: ci sto pensando da tempo. Ma mi mostri ancora un momento quel foglio.

Renaudo glielo porse, con una certa riluttanza.

– Vede? Mi pareva di ricordare: V. A. P., questa è la mia sigla, Vittorio Amedeo Peirani, 6 ottobre 1934. Non me ne vergogno per niente, sa? Anzi, ne sono fiero: con questo mio lavoro di trent'anni fa ho apportato un contributo, piccolo ma definitivo, all'ordine dell'azienda, e quindi all'ordine del mondo. Una specifica è opera sacra: occorre fatica e devozione per compilarla, e anche umiltà, che a lei manca; ma una volta compilata, e approvata dagli uffici competenti, deve restare, come una pietra d'angolo. Vada, e continui il suo lavoro; ci pensi su, alle cose che le ho detto, e vedrà che ho ragione.

– Si capisce, – disse Di Salvo posando il bicchiere. – Se vai a chiedere un parere a quello, non ti puoi aspettare un altro risultato. Ti avrà parlato anche del mondo morale, no?

– Sí, dell'età dell'oro, quando l'onestà, l'ingegnere e il contabile avranno la loro bella specifica.

– « Le nostre belle Decretali », – disse Di Salvo. – Non hai mai letto Rabelais?

– No, sai bene, io ho fatto il Liceo Scientifico.

– Che c'entra? Riguarda tutti. Leggilo: non è mai troppo tardi. « Voi qui similmente vedete le nostre belle Decretali, scritte di mano d'un Angelo Cherubino... » e poi piú oltre: « ... in carta, in pergamena, miniate o stampate... »: scusa, sto citando a memoria; si tratta del libro IV, mi pare. Bene, ci troverai tutto: le nostre belle Specificazioni, Peirani, il suo entusiasmo fossile, me, e te stesso. Se non ce l'hai, dico Rabelais, te lo impresto; ma compralo, credi a me, è un vademecum indispensabile per ogni uomo moderno.

Renaudo trasalí e si strofinò gli occhi; subito dopo rise di se stesso per esserseli strofinati. Cosa aveva creduto di fare? di cancellare o cambiare le righe che gli stavano davanti?

Era arrivato alla Specifica 366 478, Uomo. Proprio cosí, semplicemente: uomo. Seguiva la consueta premessa, un po' meno concisa del solito, in cui si definiva che cosa si abbia ad intendere per essere umano. In appendice si ricordava che l'articolo in questione veniva approvvigionato a cura del Servizio Personale, non mediante acquisto bensí mediante assunzione; che tuttavia, trattandosi di materiale in entrata, il Servizio Normalizzazione era indubbiamente competente al suo inquadramento ed alla definizione delle norme di accettazione. Renaudo saltò all'ultima facciata, e non fu stupito di trovarvi la sigla V. A. P. Tornò alla prima, e si immerse nella lettura, ma dopo pochi minuti non poté piú resistere, e chiamò Di Salvo al telefono interno: – Vieni qui subito. Vieni a vedere che cosa ho trovato.

Di Salvo si curvò al di sopra delle sue spalle. – « Tolleranze dimensionali »: proprio cosí le hanno chiamate. Ma questa è roba di fuoco! e chissà da quanto tempo dorme in archivio.

– 2.1., Tolleranze dimensionali, – lesse Renaudo: – statura, da 1500 a 2050 mm... peso a vuoto, da 48 a 140 kg; ... sovraspessori... chissà cosa saranno?

– Mah? Forse allude ai vestiti. Dai un po' qua –. Senza fare complimenti, Di Salvo gli tolse il fascicolo, e cominciò a leggerlo ad alta voce, con la gioia sensuale dei buongustai.

– Sezioni massime e minime...: io questo me lo porto a casa, a costo di farmi licenziare. Guarda, ci sono due figure schematiche con le sagome di riferimento a livello della fronte, del torace, del bacino e dei polpacci. Meglio ancora: mi faccio fare una fotocopia. 3.2.04., Prove a flessione e a torsione...

Renaudo sobbalzò e tentò invano di riprendersi i fogli, che Di Salvo tirò a sé senza scomporsi.

– ... Meno male che in nota si precisa: « Ove possibile, sono da raccomandarsi le prove di collaudo di tipo non distruttivo ». Ove possibile, hai capito? Vediamo, vediamo qui: 5.1.05., « Resistenza al calore e al freddo ».

– Sarà non distruttiva anche questa prova, voglio sperare?

– Sí, pare. Ecco cosa si dice: « La resistenza al calore e al freddo viene determinata introducendo il soggetto in locale termostatico a tiraggio naturale della capienza di m^3 10 ± 2, alle temperature rispettivamente di 45°C e di –10°C, per la durata di quattro ore. Entro 20′ dall'estrazione, si ripetono le prove generali di accettazione specificate in 1.1.08. ».

– Abbastanza umano, dopo tutto. Mi aspettavo di peggio.

– Già, non è mal studiato: sotto 1.1.08. ci sono tutti i collaudi medici e un buon numero di test psicologici. E questo? 5.2.01., resistenza alla fiamma!

– No, non esagerare: è prescritto solo per gli addetti alle squadre antincendio. Guarda qui: è precisato in nota.

– Ma questo invece è prescritto per tutti: « 4.3.03., prova di resistenza all'alcool etilico ».

– Giusto, non ti pare? Sai che comincio a stimarlo, questo tuo cavalier Peirani?

– Io da Peirani non ci torno, – disse Renaudo con decisione.

– Naturale: la prudenza impone di lasciare le cose come stanno. Io però la fotocopia me la voglio fare, a costo di rischiare il licenziamento per infrazione del segreto d'ufficio: poi vedremo.

– Un momento, – disse Renaudo. – Tu vedrai pure quello che vuoi, ma io non ci voglio entrare. Chi risponde di codesta scartoffia in questo momento sono io, e io non ci voglio andare di mezzo.

– Bravo, – disse Di Salvo. – Non c'è male, per una recluta: hai subito capito la Prima Regola del gioco, quella che prescrive di far sempre togliere le castagne dal fuoco da un altro. Ma prima di tutto, secondo me, bisognerebbe stabilire se sotto le castagne il fuoco c'è. Voglio dire: se questa non è che un'innocente esercitazione del vecchio, oppure se la pratica ha fatto o sta facendo la sua strada verso il piano di sotto.

Renaudo lo guardò incerto: – Verso il Servizio Collaudi, intendi dire?

– Sí. Certo non è stata omologata, dal momento che né tu, né io, né altri di cui si sappia, siamo stati sottoposti alle prove di flessione e di torsione; ma sarebbe interessante sapere a che punto si è fermata e perché.

Con due caute telefonate la circostanza fu chiarita: la specifica, partita a vele spiegate dall'ufficio di Peirani, giaceva da vari anni in un archivio del piano inferiore, in attesa del visto del Caposervizio.

– A me sembra una sciocchezza e una vigliaccheria, – disse Renaudo. – Le cose si fanno o non si fanno: se era sbagliata, o stupida, o abominevole, come mi pare che sia, avrebbero dovuto annullarla, distruggerla, e non lasciarla dormire.

– È un tipico caso di applicazione pratica della Regola Prima di cui sopra. Comprensibilissimo che nessuno se ne sia voluto incaricare: molto meglio insabbiare, piú semplice e piú sicuro; anzi, questa per l'appunto è la Regola Seconda. Una pratica, vedi, è uno strano uccello. Sotto certi aspetti assomiglia a un seme, sotto altri a un bisonte. È pericoloso, e anche inutile, provocarla e pararlesi davanti quando carica: ti travolge, e continua la sua corsa. Ma può essere rischioso anche non occuparsi di lei: in questi casi, spesso si incista in qualche cassetto, e non dà segni di vita per mesi od anni; poi, quando meno te lo aspetti, spinge radici e stelo, cresce, spacca la terra sopra di sé, ed in una settimana è diventata un albero tropicale, dal fusto duro come il ferro, e tutto gremito di frutti intossicati. Insomma, può essere violenta o subdola; ma, per nostra fortuna, esiste l'istituzione dell'insabbiamento, che è valido contro entrambi gli aspetti che ti ho illustrati: ti invito anzi ad osservare l'eleganza e la proprietà del termine. È una difesa polivalente: sacchetti di sabbia contro il bisonte, un letto di sabbia sterile intorno al seme.

– Grazie della lezione, ne trarrò partito. Ma adesso, che cosa facciamo? Quale regola applichiamo, la prima o la seconda, o un'altra ancora che mi vorrai descrivere? Io, te l'ho già detto, grane non ne voglio. Collaudino pure gli uomini in entrata, magari li possono anche provinare ogni dieci anni come si fa con le caldaie a vapore, ma io non mi voglio fare incastrare. E non so cosa fare: distruggerla, non oso, poi rimarrebbe il buco; lasciarla dormire nella sua sabbia, si potrebbe, ma poi può succedere che spacchi la terra, come dicevi tu prima; se la siglo, è un avallo, e mi ripugna, perché è una scemenza disumana; se non la siglo, è una negligenza...

– Io non la prenderei tanto sul tragico. Senti: lasciamela per un quarto d'ora, il tempo di farne una fotocopia. Sí, la farò io personalmente, non aver paura: dopo la sirena, quando tutti sono andati via. Nessuno ha da saperne niente, almeno per ora.

A Renaudo piaceva classificare i suoi simili: non ridurli a schemi, ma soffermarsi cosí, da dilettante, sulle loro somiglianze e dissimiglianze, prevederne i comportamenti, frugare nei motivi da cui scaturiscono le parole e le azioni. Ora, Di Salvo lo turbava: lo sentiva acuto e flessibile, ma anche spento, logoro, e un po' sporco, con dentro qualcosa di livido, di ammaccato e poi impiastricciato alla meglio per coprire il guasto. Davanti a Di Salvo si sentiva diviso: con un preciso desiderio di penetrarne l'intimità, ed un ritegno che gli faceva richiudere la bocca all'ultimo istante, prima della confidenza o della confessione che lo avrebbe reso suo amico, ma in pari tempo lo avrebbe consegnato nudo nelle sue mani come una mosca fra le branche di una mantide.

Il mattino dopo, Di Salvo entrò nel suo ufficio di ottimo umore, e gli buttò il fascicolo sulla scrivania con disinvoltura teatrale.

– Eccola qui. Sarà meglio che tu te la riguardi bene, a ogni buon fine; ma mi pare proprio che noi ne siamo fuori.

– Come fuori?

– Entro le tolleranze, voglio dire. Non è che io ti conosca tanto, ma insomma, ti ho sentito parlare, ti vedo ben portante, di politica non ti occupi (o almeno non visibilmente, e questo è l'essenziale), so che giochi a tennis, che alla domenica vai a messa e allo stadio, che hai la ragazza e la cinquecento. Insomma, sei conforme, e non hai niente da temere. Neanch'io, del resto: poi, sai bene, averla letta è un vantaggio. Basta pensare al test del cappotto, o a quello del portafoglio, qui: Resistenza alle tentazioni, 8.5.03.: una bambinata, giudica tu stesso.

– Allora, tu vorresti...

– Scatenare il bisonte, sí. Sarà una sacrosanta opera di giustizia, ed anche una gran festa; qualcosa che qui dentro non si era mai visto. Quidquid latet apparebit, è cosí che sta scritto, no?

– Sí, e anche nil inultum remanebit. Ma non si tratta soltanto di norme di accettazione, per i nuovi assunti?

– Non soltanto: c'è qui in fondo una norma transitoria, che prescrive di collaudare « tutte le unità in esercizio » entro novanta giorni dall'entrata in vigore della specifica.

– Insomma, tu pensi che il cavaliere si sia messo nel sacco con le sue stesse mani?

– È probabile. Conosco quel tipo umano: è un perfezionista; o meglio, lo era, perché adesso, tu lo hai visto, tira piuttosto alla cariatide.

– Anch'io lo conosco, quel tipo umano: è quello del « right or wrong, my country », dell'obbedienza cadaverica, del buon suddito. Ma non ha pensato che non ha nessun senso esigere le stesse prestazioni da una « unità » di venticinque anni e da una di sessanta?

– Ci ha pensato sí. Leggi qui, al punto 1.9. « Ricollaudo. Trattandosi di articolo soggetto a deteriorarsi, le prove di cui ai punti 2, 3, 4, 5, 6, 7 e 8 devono essere ripetute allo scadere del ventesimo anno dalla data dell'assunzione. I limiti di tolleranza per le dimensioni e il peso saranno mantenuti invariati. Saranno diminuiti del 35 per cento i minimi richiesti per il quoziente intellettuale (4.2.01.), per la memoria istantanea (4.2.04.), per la memoria media e lunga (4.2.05.), per l'attitudine al comando (4.4.06.), per il carico di snervamento a freddo e a caldo (5.2.02.), per la meteoropatia (5.3.11.) e per la stabilità emotiva (7.1.07.). Saranno aumentati del 50 per cento il limite massimo del tempo di reazione (7.3.01.) e tutte le soglie di percezione sensoriale (7.5.03.) »... Leggo a caso, sai: ce n'è per una pagina e mezza... Ah, senti ancora: « Il test di arrendevolezza secondo Schmaal non occorre venga ripetuto, poiché tale proprietà tende ad aumentare spontaneamente nel tempo ». Bello, no?

Renaudo era perplesso: – La prova di arrendevolezza, quello la passa sicuro: ma voglio un po' vederlo alla prova di resistenza al calore! Del resto, gli sta bene, se lo è voluto. Sí, penso anch'io che per noi non c'è molto rischio: ma io ci ricasco per un altro verso. Della revisione, adesso, sono io il responsabile, e sono ancora nel periodo di prova, e non vorrei...

– Se è lo scandalo che ti fa paura, non preoccuparti: tu resti fuori. Ci sono cento modi di fare germogliare la pianta: modi anche discreti, silenziosi e anonimi. Me ne incarico io, e volentieri, te lo assicuro. Non occorre che l'iniziativa parta di qui: basterà una parolina, detta cosí, lasciata cadere in corridoio...

– E... scusa: perché lo fai? Vuoi proprio la pelle del cavaliere?

– Sí, anche. Ma poi... insomma, dimmi la verità, ti entusiasma questo sistema? Ti piace navigare in mezzo alle Decretali?

– Non mi piace. Ma appunto, cosí ne avremo una di piú, e la piú feroce di tutte. È meglio un bisonte insabbiato di un bisonte che carica.

– Questo punto di vista è superficiale e miope. Bisogna vedere piú lontano, a costo di qualche rischio e di qualche scomodità: fare esplodere le contraddizioni del sistema, come suol dirsi. E mi attira l'eleganza del gioco, la sua giustizia e la sua economia: saranno le Decretali a liquidare se stesse. Per mano tua, se lo vorrai: se no, per mano mia.

La circolare affissa in bacheca aveva l'aria piú innocente del mondo. Diceva semplicemente che tutti i dipendenti si dovevano presentare entro un mese all'Ufficio Collaudi per comunicazioni: ma nel giro di poche ore l'aria di tutti gli uffici e di tutti i reparti si fece irrespirabile. La Direzione fu sommersa da centinaia di richieste di proroga; sulla stessa bacheca comparvero volantini pubblicitari di club atletici, di istituti di rieducazione, di piscine calde e fredde, di cure rumene e bulgare, di corsi accelerati serali e per corrispondenza.

Ancora sulla stessa bacheca comparve pochi giorni dopo una molto dignitosa lettera aperta, in cui si diceva:

« Oggetto: Specificazione N. 366 478.

Io sottoscritto cavalier Peirani Vittorio Amedeo mi dichiaro consapevole di essere ormai sprovvisto dei requisiti di conformità alla specificazione segnata a margine: mi riferisco in specie ai punti 5.3.10. (resistenza all'umidità), 4.2.04. (memoria istantanea) ed all'intera sottosezione 3.4. (prove di sollecitazione a fatica). Rassegno pertanto le mie dimissioni, con animo colmo di tristezza, e tuttavia rasserenato dalla coscienza di aver dedicato per trentotto anni tutte le mie energie al consolidamento del sistema in cui credo. Raccomando a cotesta Spett. Direzione di non deflettere dalla linea di condotta che finora è stata seguita nei confronti delle tecniche di unificazione, e mi auguro che i miei colleghi e successori pongano ogni sforzo ad evitare che si ripetano incresciose dimenticanze e negligenze, quali quelle che hanno tenuto in mora per tanti anni la Specificazione in oggetto, sotto ogni aspetto fondamentale».

Come Peirani desiderava, il sistema infatti resta. Vige tuttora nell'Azienda in cui questa vicenda si è svolta, e prolifera rigogliosamente, come è noto, in tutti gli innumerevoli rami del lavoro umano, in ogni parte del mondo in cui l'uomo si sia fatto fabbro, e in cui si tengano nella dovuta considerazione la normalizzazione, l'unificazione, la programmazione, la standardizzazione, e la razionalizzazione della produzione.

Nel Parco

Non è difficile immaginare chi attendesse Antonio Casella sul molo: lo attendeva James Collins, in brache di velluto, abbronzato e disinvolto. Antonio si stava domandando se sarebbe stato piú gentile da parte sua chiedergli o non chiedergli l'esito del colloquio con l'editore, ma James lo prevenne:

– Aveva proprio ragione lei: il manoscritto, me lo ha rifiutato. Però mi ha dato dei consigli cosí precisi e benevoli che ho subito ricominciato a scrivere. No, non su di lei: è una storia un po' romanzata delle mie invenzioni; la loro Entstchungsgcschichtc, la loro origine, come mi sono venute in mente. Del resto, a quanto vedo, per lei è stato meglio cosí: me lo hanno detto, che si è reso personaggio da se stesso. Molto meglio, ha piú garanzie di una ragionevole permanenza: il mio Antonio, in effetti, era un po' gracile.

Antonio ascoltava distrattamente: era troppo intento ad osservare il paesaggio. Il battello che lo aveva portato fin lí aveva viaggiato per molte ore risalendo un fiume largo e limpido che scorreva fra due rive folte di foresta: la corrente era rapida e silenziosa, non c'era un alito di vento, la temperatura era gradevolmente fresca, e la foresta era immobile come di pietra. Le acque riflettevano i colori di un cielo quale Antonio non aveva mai visto: azzurro cupo in alto, verde smeraldo a levante, e viola con ampie striature arancio a ponente. Spento il rombo ritmico del motore, Antonio percepí un fragore indistinto che sembrava saturasse l'atmosfera. – È la cascata, – gli spiegò James: – è proprio sulla linea di confine.

Percorsero il molo, di rozze tavole squadrate, e si avviarono insieme per un viottolo in salita, che superava a giravolte il bastione da cui precipitava la cascata. Erano investiti da folate di polverino d'acqua, e il cielo era pieno di arcobaleni intrecciati. James aveva cortesemente tolto di mano ad Antonio la valigia, del resto assai leggera. Ai due lati del viottolo si vedevano alberi maestosi ed esotici, di molte specie diverse; dai loro rami pendevano fiori gialli e color carne, alcuni sembravano proprio di carne, ed erano in ghirlande lunghe fino a terra. Insieme, c'erano frutti, allungati e tondeggianti: l'aria portava un profumo leggero e gradevole, ma un po' muschiato, simile a quello dei fiori di castagno.

Alla barra di confine nessuno gli chiese nulla: i due guardiani lo salutarono con la mano alla visiera, pareva che lo aspettassero. Poco oltre, Antonio entrò in un ufficio dove fu preso ufficialmente in carico; un funzionario cortese ed impersonale si segnò il suo nome, gli consegnò la carta annonaria per i viveri, gli abiti, le scarpe e le sigarette, e poi gli disse:

– Lei è un autobiografo, vero?

– Sí: come fa a saperlo?

– Noi sappiamo tutto: guardi! – Accennò alle sue spalle, dove uno schedario occupava un'intera parete. – Il fatto è che al momento non ho chalet singoli disponibili: l'ultimo l'abbiamo assegnato ieri a Papillon. Bisognerà che si adatti a coabitare per qualche giorno: con un altro autobiografo, naturalmente. Ecco qui: c'è un posto al 535, insieme con François Villon. Il signor Collins le farà da guida, ma non è molto lontano.

James sorrideva. – Avrà da divertirsi: François è il

piú imprevedibile dei nostri concittadini. Prima abitava con Giulio Cesare, ma poi questo se n'è andato: si è fatto raccomandare, e gli hanno assegnato una palazzina fuori serie, prefabbricata, sulle sponde del lago Polevoy. Non andavano d'accordo, litigavano per via di Vercingetorige, poi François corteggiava pesantemente Cleopatra, nella versione di Shakespeare, e Cesare era geloso.

– Come, nella versione di Shakespeare?

– Già, è perché ne abbiamo cinque o sei altre, di Cleopatre: secondo Puškin, secondo Shaw, secondo Gautier, eccetera. Non si possono vedere fra di loro.

– Ah. E allora non è vero che Cesare e Pompeo facciano i calafati?

– Chi lo ha mai affermato? – chiese James, molto stupito.

– Rabelais, II, 30: dice anche che Annibale fa il pollivendolo, Romolo il ciabattino, Papa Giulio II va in giro a vendere focacce, e Livia raschia il verderame dalle padelle.

– Sono storie: glielo avevo già detto allora, a Milano. Qui non si fa niente, oppure si fa il mestiere per cui si è nati. Del resto, Rabelais non è un personaggio, e qui non c'è mai stato: quello che racconta, l'avrà magari saputo da Pantagruele, o da qualche altro contafrottole della sua corte.

Si erano ormai allontanati dalla cascata, e si stavano inoltrando per un ampio altipiano lievemente ondulato. Ad un tratto, il cielo si oscurò con incredibile rapidità; nel giro di pochi istanti si levò un turbine impetuoso, ed incominciò a piovere e a grandinare. James spiegò ad Antonio che laggiú era sempre cosí: il tempo non era mai insignificante, aveva sempre in sé qualcosa che lo rendeva degno di essere descritto. O splendido di colori ed aromi, o turbato da tempeste furibonde; talvolta caldo infuocato, talaltra gelido da spaccare i sassi. Le aurore boreali e i terremoti erano frequenti, e cadevano bolidi e meteore tutte le notti.

Si rifugiarono sotto una tettoia, e Antonio si accorse con disagio che là sotto c'era già qualcuno: con disagio, perché il qualcuno non aveva volto. Sotto al cappello basco si vedeva soltanto una superficie convessa, rosea, spugnosa, coperta nella parte inferiore di barba mal rasa.

– Non ci faccia caso, – disse James, che aveva visto il raccapriccio dipingersi sulla faccia di Antonio: – ce ne sono tanti, qui, come questo, ma durano poco. Sono personaggi mal riusciti: a volte tirano avanti una stagione, o anche meno. Non parlano, non vedono e non sentono, e spariscono nel giro di pochi mesi. Quelli che durano, invece, come (speriamo) lei e me, sono come è qui il tempo, hanno tutti qualcosa di singolare, e perciò, in generale, sono interessanti e simpatici, anche se magari si ripetono un poco. Guardi, per esempio: dia un'occhiata da quella finestrella, e mi dica un po' se li riconosce.

Accanto alla tettoia, infatti, c'era un basso edificio di legno, col tetto di paglia, e sulla porta pendeva un'insegna: su una faccia era dipinta una luna piena, sull'altra un mare in tempesta da cui emergeva il dorso di una balena col suo alto soffio di vapore. Dalla finestrella si vedeva un interno affumicato dal soffitto basso, illuminato da lampade a petrolio: c'era un tavolo in primo piano, costellato di boccali di birra vuoti e pieni, e ai quattro lati quattro figure accaldate ed eccitate. Dall'esterno si udiva solo un vociare indistinto.

Antonio, toccato nella sua ambizione di lettore, li considerò a lungo, ma non ne venne a capo. – Lei mi chiede troppo: se almeno sentissi quello che si dicono...

– Si capisce, che le chiedo troppo: ma era solo per darle una prima idea del nostro ambiente. Quello che ci volge le spalle, magro e stempiato, che paga e non beve, è Calandrino; di fronte a lui, l'altro grassoccio e unto, con la barba di tre giorni, è il buon soldato Švejk, che beve e non paga. Il signore attempato a sinistra, col cappello a cilindro e quegli occhiali minuscoli, che beve e paga, è Pickwick, e l'ultimo, con gli occhi come due carboni, la pelle come il cuoio e la camicia aperta sul petto, che non beve e non paga, non canta, non dà ascolto agli altri, e racconta cose che nessuno sta a sentire, è il Vecchio Marinaio.

Improvvisamente come si era oscurato, il cielo si rasserenò, e sorse un vento secco e teso; la terra umida esalò una nebbia iridescente che la brezza lacerava a brandelli, e fu asciutta in un baleno: i due ripresero il cammino. Ai due lati della strada, senza ordine apparente, si susseguivano capanne di paglia e nobili palazzi di marmo, ville grandi e piccole, parchi ombrosi, templi in rovina, grosse case popolari con la biancheria stesa ad asciugare, grattacieli e tuguri di cartone e lamiera. Fianco a fianco, James indicò ad Antonio il giardino dei Finzi-Contini, la casa dei Buddenbrook e quella degli Usher, la capanna dello zio Tom e il Castello di Verona col falco, il cervo e il cavallo nero. Poco oltre, la strada si allargava in una piccola piazza selciata, circondata da tetri edifici fuligginosi; dai portoni si intravvedevano scale ripide, umide e buie, e cortiletti pieni di ciarpame, circondati da balconi rugginosi. Si sentiva odore di cavoli lungamente bolliti, di liscivia e di nebbia. Antonio riconobbe subito un quartiere della vecchia Milano, anzi, piú precisamente il Carrobbio, bloccato per l'eternità nell'aspetto che doveva avere duecento anni or sono; nella luce incerta stava appunto cercando di decifrare le insegne stinte delle botteghe, quando, dal portone numero vottcentvott, saltò fuori lui in persona, Giovannino Bongeri, smilzo, svelto, pallido come chi non vede mai il sole, allegro, chiassoso, ed avido di affetto come un cucciolo maltrattato: vestiva un abitino stretto e frusto, con qualche toppa, ma puntigliosamente pulito e perfino stirato. Si rivolse immediatamente ai due, con la confidenza di chi si conosce da un pezzo, tuttavia chiamandoli « Illustrissimi »: tenne loro, in dialetto, un lungo discorso pieno di divagazioni, che Antonio capí a mezzo e James non capí affatto; a quanto pareva, aveva ricevuto un qualche torto, e lui ne era ferito, ma non al punto di perdere la sua dignità di cittadino ed artigiano; ne era adirato, ma non al punto di perdere seriamente la testa. Nel suo parlare, che era arguto e prolisso, si sentiva, sotto la lividura della fatica quotidiana, della povertà e delle disgrazie, un candore intatto, una stoffa umana buona e una speranza millenaria: Antonio, nell'intuizione di un attimo, vide che veramente nei fantasmi di quella contrada viveva un che di perfetto e di eterno, e che il piccolo e collerico Giovannino, garzone di rigattiere, ripetutamente percosso, deriso e tradito, figlio del piccolo e collerico Carletto Porta milanese, era piú splendido e piú pieno che Salomone nella sua gloria.

Mentre Giovannino parlava, ecco giungere al suo fianco la Barberina, bianca e rosa come un fiore, colla cuffia di pizzo, gli spilloni di filigrana, e gli occhi un pochino piú pronti di quanto l'onestà lo richieda. Il marito la prese sotto braccio, e si allontanarono verso la Scala: dopo pochi passi la donna si volse, e scoccò ai due forestieri un'occhiata svelta e curiosa.

Antonio e James ripresero il cammino per un sentiero polveroso fra due siepi di rovi: James si attardò un attimo a salutare Valentino vestito di nuovo, che giocava in un prato stento con Pin di Carrugio Lungo. Poco oltre, il sentiero costeggiava l'ansa di un grande fiume torbido: un vaporetto, rugginoso e guasto, era amarrato presso la sponda. Un gruppo di uomini bianchi stavano seppellendo qualcosa in una fossa scavata nella melma; un negro dall'aria insolente si sporse dalla murata, ed annunciò con ferocia e disprezzo: – Mistah Kurtz, he dead –. Il tono di quella voce, lo scenario, il silenzio, il calore, perfino il pesante fiato palustre del fiume, erano precisamente quali Antonio se li era da sempre immaginati.

Disse a James: – Qui è chiaro che non ci si annoia. Ma per i bisogni pratici? Se per esempio uno si dovesse fare risuolare una scarpa, o curare un dente?

– Abbiamo dei discreti servizi sociali, – rispose James, – e la mutua è efficiente, ma con personale esterno. Non è che qui i medici manchino, però non esercitano volentieri: spesso sono di scuola antiquata, o non hanno attrezzatura, oppure ancora sono finiti qui per via di qualche celebre errore, quello appunto che li ha resi problematici, e perciò personaggi. Del resto, vedrà presto che la sociologia del Parco è peculiare. Credo che non troverà un panettiere né un contabile; che io sappia, c'è un unico lattivendolo, un solo ingegnere navale e un solo filatore di seta. Cercherà invano un idraulico, un elettricista, un saldatore, un aggiustatore, un chimico, e mi domando proprio il perché. Invece, oltre ai medici di cui parlavamo prima, troverà un diluvio di esploratori, di innamorati, di guardie e ladri, di musicisti pittori e poeti, di contesse, di prostitute, di guerrieri, di cavalieri, di trovatelli, di ammazzasette e di teste coronate. Di prostitute soprattutto, in percentuale assolutamente sproporzionata al fabbisogno effettivo. Insomma, è meglio che lei non cerchi qui un'immagine del mondo che ha lasciato; voglio dire, un'immagine fedele: perché una la troverà sí, ma variopinta, pigmentata e distorta, e cosí si renderà conto di quanto sia stolto formarsi un concetto della Roma dei Cesari attraverso Virgilio, Catullo e il *Quo Vadis*. Qui, non troverà un capitano di mare che non sia naufragato, una moglie che non sia adultera, un pittore che non viva in miseria per lunghi anni, e che poi non diventi famoso. Proprio come il cielo, che qui è sempre uno spettacolo. Segnatamente i tramonti: spesso durano dal primo pomeriggio fino a notte, e qualche volta annotta e poi torna la luce e il sole tramonta di nuovo, come se volesse concedere un bis.

James interruppe la sua tirata per mostrare ad Antonio una costruzione a cui si stavano avvicinando:

– Presto o tardi uscirà la Guida Michelin del Parco, e allora vedrà che questa avrà i tre asterischi –. Era una villa, o forse una minuscola fortezza, di un bianco abbagliante, immersa nel folto di un bosco secolare: i muri esterni non avevano finestre, e terminavano in alto con un contorno frastagliato che poteva essere una merlatura.

– Vista dall'esterno dice poco, ma dovrebbe vedere dentro. Io ci sono stato per certi lavoretti (gliel'ho detto che qui gli idraulici sono scarsi: cosí io m'arrangio), e gliene potrei raccontare delle belle. Sa che erano seicento anni che la Direzione cercava di accontentare la proprietaria senza riuscirci? Soltanto adesso, con la tecnica moderna...

– Scusi, – interruppe Antonio un po' seccato, – ma se mi dicesse chi è, la proprietaria, non crede che gusterei di piú il suo discorso?

– Oh, mi pareva proprio di avergliela detto. È Beatrice, che diamine. L'angelica, mostruosa Beatrice, che vuole tutti al suo servizio, non esce mai, non parla con nessuno, non mangia che ambrosia e nettare surgelati, e che, con le protezioni di cui gode, non c'è speranza di togliercela di torno, né ora né in un prevedibile futuro. Le stavo appunto dicendo che solo adesso, con l'avvento delle materie plastiche e dell'elettronica, i gestori sono riusciti a soddisfare qualcuna delle sue fisime. Vedesse dentro: è un concentrato della Fiera di Milano, a meno del fracasso, naturalmente. Lei cammina solo su poliuretano espanso, spesso un metro, come un saltatore con l'asta: scalza, beninteso, e avvolta in veli di nylon. Niente luce diurna: solo tubi a catodo freddo, rosa viola e celesti; un'orgia di falsi cieli di metacrilato, false stelle fisse di hastelloy, falsa musica delle sfere fatta sull'organo elettronico, false visioni TV in circuito chiuso, false estasi farmacologiche, e un Primo Mobile di pyrex che è costato tre milioni al metro quadrato. È insopportabile, insomma: ma quando uno è personaggio di Dante, qui è tabú. A mio parere, è una situazione tipicamente mafiosa: perché Paolo e Francesca devono continuare a fare all'amore indisturbati (e mica solo nel turbine, mi creda), mentre i Poveri Amanti hanno un mucchio di difficoltà coi guardaparco? Perché Cacciaguida nello chalet in cima alla collina, e Somacal, che già ne ha viste tante, giú nella baracca che non prende mai il sole?

A furia di parlare, James aveva perso il fiato, e insieme la strada. – Bisognerà domandare a qualcuno.

– Lei conosce tutti, qui?

– Quasi tutti ci conosciamo fra noi: in fondo, non siamo poi tanti.

Bussò alla porta di una capanna di legno: dal camino usciva fumo, e dalle pareti un canto marziale fortemente ritmato, ma si ritrasse poco dopo. – Sono gentili, ma non si muovono mai di casa, e non hanno saputo darmi indicazioni: sono anche un po' timidi. Chi sono? I tedescotti di *Niente di nuovo a occidente*:

Tjaden, Kat, Leer e tutti gli altri; anche Paul Bäumer, naturalmente. Vado spesso a trovarli: che bravi ragazzi! Hanno avuto fortuna a venire qui da giovani, se no, chissà quanti di loro avrebbero dovuto riprendere le armi vent'anni dopo, e rimetterci la pelle o l'anima.

Fortunatamente, incontrarono poco dopo Babalaci, che sapeva tutto: dov'era lo chalet di François, che c'era in effetti un letto libero, da quanto tempo era libero, il perché e il percome, tutti quelli con cui François aveva fatto questione di recente, e tutte le donne che aveva ricevuto.

Da quelle parti il cielo era color del piombo, tirava un vento umido e rabbioso che ululava come un lupo attorno alle cantonate, ed anzi, quando lo chalet fu in vista, incominciò addirittura a nevicare: neve sporca, grigia di fuliggine, che scendeva di traverso, entrava negli occhi e toglieva il respiro. Antonio non vedeva l'ora di trovarsi al riparo, ma James gli disse che era meglio se lo aspettava fuori, un po' discosto: François era un tipo lunatico, e lui preferiva bussare alla porta da solo, che non si vedessero facce nuove.

Antonio si riparò alla meglio: c'era lí accanto un cumulo di botti sfasciate, entrò in un tino, e aspettò accovacciato che James tornasse. Lo vide bussare, aspettare due buoni minuti, bussare nuovamente: le tendine erano chiuse, ma dal comignolo usciva fumo abbondante, e quindi qualcuno in casa ci doveva pur essere.

James bussò una terza volta, e finalmente la porta fu aperta. James sparí all'interno, e Antonio si accorse di essere molto stanco, e cominciò a domandarsi se sarebbe stato possibile fare un bagno caldo: in riva al Congo aveva sudato parecchio, la polvere gli si era appiccicata sotto gli abiti, e adesso il sudore gli si stava raffreddando addosso in modo sgradevole. Ma non ebbe molto da attendere: la porta si spalancò come se in casa un cannone avesse sparato, e subito dopo il dignitoso e composto James fu proiettato fuori come un bolide, e venne ad approdare fra le doghe, poco lontano dal provvisorio domicilio di Antonio. Si rialzò e si rassettò rapidamente:

– Non... non gradisce di essere disturbato. Poi sono capitato in un brutto momento, stava con alcuni amici da prendere con le molle: c'era anche Marion l'Ydolle, la Grosse Margot, Jehanne de Bretaigne e due o tre altre ragazze; una mi è parsa la Pulzella d'Orléans. Senta, per l'avvenire vedremo, ma per stanotte venga a dormire con me: non c'è molto spazio, ma le cedo volentieri il lettino, e per me un materasso in terra va benissimo.

Antonio si ambientò nel Parco con sorprendente facilità. Entro poche settimane, già aveva stretto amicizia coi suoi vicini, tutta gente cordiale, o per lo meno varia ed interessante: Kim col suo Lama, Ifigenia in Aulide, Ettore Fieramosca, Tommasino Puzzilli che si era fidanzato con Moll Flanders, il giovane Holden, il commissario Ingravallo, Aljoša con La Pia, il sergente Griša con Lilian Aldwinkle, Bel Ami, Alberto da Giussano che stava con la Vergine Cammilla, il professor Unrat con l'Angelo Azzurro, Leopold Bloom, Mordo Nahum, Justine con Dracula, sant'Agostino con la Suora Giovane, i due cani Flush e Buck, Baldus che non passava per le porte, Benito Cereno, Lesbia accasata con Paolo il Caldo, Tristram Shandy che pure aveva solo due anni e mezzo, Teresa Raquin e Barbablú. Alla fine del mese arrivò Portnoy, lamentoso e crasso: nessuno lo poteva sopportare, ma nel giro di pochi giorni prese domicilio nella casa di Semiramide, e subito corse voce che le cose fra loro andavano a gonfie vele.

Antonio si era accasato con Orazio, e ci si trovava bene: questi aveva abitudini ed orari diversi dai suoi, ma era pulito, discreto e ordinato, e lo aveva accolto con gioia; inoltre, aveva una quantità di storie curiose da raccontare, e le raccontava con un brio da incantare. A sua volta, poi, Orazio pareva non fosse mai sazio di ascoltare Antonio: gli interessava tutto, ed era al corrente anche dei fatti piú recenti. Era un ottimo ascoltatore: interrompeva di rado, e solo con domande intelligenti.

Tre anni circa dopo il suo ingresso, Antonio notò un fatto sorprendente. Quando casualmente levava le mani contro il sole, o anche contro una lampada forte, la luce le attraversava come se fossero di cera; poco dopo, osservò che si svegliava piú presto dell'usato al mattino, e si accorse che ciò avveniva perché anche le palpebre erano piú trasparenti; anzi, entro pochi giorni divennero trasparenti in misura tale che Antonio distingueva i contorni degli oggetti anche ad occhi chiusi.

Lí per lí non diede peso alla cosa, ma verso la fine di maggio notò che l'intera scatola cranica gli si stava facendo diafana. Era una sensazione bizzarra ed inquietante: come se il suo campo visivo si stesse allargando, non solo lateralmente, ma anche in alto, in basso e all'indietro. Percepiva ormai la luce da qualunque direzione provenisse, e presto fu in grado di distinguere ciò che avveniva alle sue spalle. Quando, a metà giugno, si accorse che vedeva la sedia su cui era seduto, e l'erba sotto i suoi piedi, Antonio comprese che il suo tempo era giunto, la sua memoria estinta e la sua testimonianza compiuta. Provava tristezza, ma non spavento né angoscia. Si congedò da James e dai nuovi amici, e sedette sotto una quercia ad attendere che la sua carne e il suo spirito si risolvessero in luce e in vento.

Psicofante

Noi siamo un gruppo di amici piuttosto esclusivo. Siamo legati, uomini e donne, da un vincolo serio e profondo, ma vecchio e scarsamente rinnovato, che consiste nell'aver vissuto insieme anni importanti, e nell'averli vissuti senza troppe debolezze. In seguito, come avviene, le nostre vie sono andate divergendo, alcuni di noi hanno commesso dei compromessi, altri si sono feriti a vicenda, volontariamente o no, altri ancora hanno disimparato a parlare o hanno perso le antenne; tuttavia, proviamo piacere a ritrovarci: abbiamo fiducia l'uno nell'altro, ci stimiamo reciprocamente, e di qualunque argomento trattiamo, ci accorgiamo con gioia di parlare pur sempre lo stesso linguaggio (qualcuno lo chiama gergo), anche se non sempre le nostre opinioni coincidono. I nostri figli mostrano una precoce tendenza ad allontanarsi da noi, però sono legati fra di loro da un'amicizia simile alla nostra, il che ci sembra strano e bello, perché è avvenuto spontaneamente, senza che noi intervenissimo. Adesso costituiscono un gruppo che sotto molti aspetti riproduce il nostro di quando avevamo la loro età.

Ci professiamo aperti, universalisti, cosmopoliti; tali ci sentiamo nel nostro intimo, e disprezziamo intensamente ogni forma di segregazione per censo, casta o razza, eppure, di fatto, il nostro gruppo è cosí chiuso che, pur essendo generalmente stimato dagli «altri», nel corso di trent'anni non ha accettato che pochissime reclute. Per motivi che stento a spiegarmi, e di cui comunque non vado fiero, ci sembrerebbe innaturale accogliere qualcuno che abiti a nord di corso Regina Margherita, o ad ovest di corso Racconigi. Non tutti coloro fra noi che si sono sposati hanno visto accettato il loro coniuge; risultano in genere preferite le coppie endogame, che non sono poche. Ogni tanto, qualcuno si fa un amico esterno e se lo porta dietro, ma è raro che questo si integri; per lo piú, viene invitato una, due volte, e trattato benevolmente, ma la volta successiva non c'è, e la serata viene dedicata a studiarlo, commentarlo e classificarlo.

Un tempo, ciascuno di noi, a turni irregolari, riceveva tutti gli altri. Poi sono venuti i figli, alcuni sono andati ad abitare fuori città, altri hanno in casa i genitori e non li vogliono disturbare; cosí, attualmente, è rimasta solo Tina a tenere salotto. Tina tiene salotto volentieri, e quindi bene; ha vini buoni e ottima roba da mangiare, è viva e curiosa, ha sempre cose nuove da raccontare e le racconta con garbo, sa mettere la gente a suo agio, le interessano i fatti altrui e li ricorda con precisione, giudica con severità ma vuol bene a quasi tutti. La si sospetta di intrattenere rapporti con altri gruppi, ma a lei (e solo a lei) questa infedeltà viene perdonata di buon grado.

Suonò il campanello ed entrò Alberto, tardi come di consueto. Quando Alberto entra in una casa sembra che la luce si ravvivi: tutti si sentono di migliore umore, e anche piú in salute, perché Alberto è uno di quei medici che fanno guarire i malati solo guardandoli e parlandogli insieme. Dai clienti amici (e poche persone al mondo hanno tanti amici quanto Alberto) non si lascia pagare, e perciò riceve ogni anno a Natale una valanga di regali. Quella sera aveva appunto appena ricevuto un regalo, ma diverso dalle solite bottiglie di vini pregiati e dai soliti inutili accessori per l'auto: era un regalo inconsueto, che gli bruciava tra le mani, e aveva pensato di inaugurarlo con noi, poiché pareva si trattasse di una specie di gioco di società.

Tina non si oppose, però era facile accorgersi che non vedeva la cosa di buon occhio: forse si sentiva esautorata, e temeva che le redini della serata le sfuggissero di mano. Ma è arduo resistere ai desideri di Alberto, che sono moltissimi, imprevedibili, allegri ed impellenti: quando Alberto vuole una cosa (e questo accade ogni quarto d'ora), riesce in un attimo a farla volere da tutti, e perciò si muove sempre alla testa di uno sciame di seguaci. Li porta a mangiare lumache a mezzanotte, o a sciare al Breithorn, o a vedere un film ardito, o in Grecia a Ferragosto, o a casa sua a bere mentre Miranda dorme, o a trovare qualcuno che non lo aspetta per niente ma che lo riceve ugualmente a braccia aperte, lui, e tutti quelli che sono con lui, e quegli altri o altre che ha raccattato strada facendo. Alberto disse che dentro la scatola c'era uno strumento che si chiamava Psicofante, e che davanti ad un nome come quello non si poteva esitare.

In un batter d'occhio fu sgomberato un tavolo, tutti ci sedemmo attorno, ed Alberto aprí la scatola. Ne estrasse un oggetto largo e piatto, formato da un vassoio rettangolare di plastica trasparente che poggiava su di uno zoccolo di metallo verniciato di nero; questo zoccolo sporgeva di una trentina di centimetri oltre uno dei lati corti del vassoio, e sulla sporgenza era ricavata una cavità poco profonda che riproduceva la forma di una mano sinistra. C'era un cavo e una spina: la inserimmo nella presa di corrente, e mentre l'apparecchio si riscaldava Alberto lesse ad alta voce le istruzioni per l'impiego; queste erano molto vaghe, e scritte in pessimo italiano, ma in sostanza venivano a dire che il gioco, o il passatempo, consisteva nel mettere la mano sinistra nella cavità: sul vassoio sarebbe apparso quanto le istruzioni definivano goffamente «l'immagine interiore» del giocatore.

Tina rise: – Sarà come quei pesciolini di cellofane che vendevano prima della guerra: li mettevi sul palmo della mano, e a seconda se si accartocciavano, o vibravano, o cadevano a terra, se ne ricavava il tuo carattere. O come fare m'ama non m'ama con la margherita –. Miranda disse che, se le cose stavano cosí, lei si sarebbe fatta monaca piuttosto che mettere la mano nell'incavo. Altri dissero altre cose, nacque un po' di baccano, io dissi che, se si vogliono vedere miracoli a buon patto, tanto vale andare in piazza Vittorio; altri invece si disputavano il primo esperimento, altri ancora designavano questo o quello, e questo e quello si schermivano con vari pretesti. A poco a poco prevalse il partito di quelli che proponevano di mandare Alberto in avanscoperta. Alberto non chiedeva di meglio: prese posto davanti all'apparecchio, mise la sinistra nell'incavo, e con la destra premette il pulsante.

Si fece silenzio ad un tratto. Nel vassoio si formò dapprima una piccola chiazza rotonda, arancione, simile a un tuorlo d'ovo. Poi gonfiò, si allungò verso l'alto, e l'estremità superiore si dilatò acquistando l'aspetto del cappello di un fungo; sparse su tutta la superficie comparvero molte macchiette poligonali, alcune verde smeraldo, altre scarlatte, altre grigie. Il fungo cresceva a vista d'occhio, e quando fu alto una spanna divenne debolmente luminoso, come se dentro avesse una fiammella che pulsasse a ritmo: emanava un odore gradevole ma pungente, simile a quello della cannella.

Alberto tolse il dito dal pulsante, ed allora la pulsazione si arrestò, e il bagliore si estinse a poco a poco. Eravamo in dubbio se l'oggetto si potesse toccare o no: Anna disse che era meglio non farlo, perché certo si sarebbe disfatto immediatamente; anzi, che forse non esisteva neppure, era una pura illusione dei sensi, come un sogno o un'allucinazione collettiva. Nelle istruzioni non c'era alcun accenno su quel che si potesse o dovesse fare con le immagini, ma Henek osservò saviamente che toccarlo bisognava pure, se non altro per sgomberare il vassoio: era assurdo che l'apparecchio si potesse usare una volta sola. Alberto distaccò il fungo dal vassoio, lo esaminò con cura, e si dichiarò soddisfatto; anzi, disse che si era sempre sentito arancione, fin da bambino. Ce lo passammo di mano in mano: aveva una consistenza soda ed elastica, ed era tiepido al tatto. Giuliana lo chiese in regalo: Alberto glielo cedette di buon grado, dicendo che tanto era sempre in tempo a farsene degli altri. Henek gli fece notare che forse sarebbero venuti diversi, ma Alberto disse che non gli importava.

Molti insistevano perché provasse Antonio. Antonio è ormai soltanto un membro onorario del nostro gruppo, perché da molti anni abita lontano, ed era fra noi quella sera solo in occasione di un viaggio d'affari: eravamo curiosi di vedere che cosa avrebbe fatto nascere sul vassoio perché Antonio è diverso da noi, piú risoluto, piú interessato al successo e al guadagno; queste sono virtú che noi neghiamo ostinatamente di avere, come se fossero vergognose.

Per un minuto buono non successe nulla, e già qualcuno cominciava a sogghignare, ed Antonio a sentirsi a disagio. Poi si vide spuntare dal piano del vassoio una barretta metallica a sezione quadrata: cresceva lentamente e regolarmente, come se provenisse dal di sotto già bella e formata. Presto ne spuntarono altre quattro, disposte a croce intorno alla prima; si formarono quattro ponticelli che le congiunsero con questa; e poi, via via, apparvero altre barrette, tutte di ugual sezione, alcune verticali ed altre orizzontali, ed alla fine sul vassoio stava un piccolo grazioso edificio lucente, dall'aspetto solido e simmetrico. Antonio lo percosse con una matita, e quello risuonò come un diapason, emettendo una nota lunga e pura che si estinse lentamente.

– Io non sono d'accordo, – disse Giovanna.

Antonio sorrideva tranquillo. – Perché? – chiese.

– Perché tu non sei cosí. Non hai tutti gli angoli retti, non sei d'acciaio, e hai anche qualche saldatura incrinata.

Giovanna è la moglie di Antonio, e gli vuole molto bene. A noi pareva che non fosse il caso di fare tutte quelle riserve, ma Giovanna disse che nessuno poteva conoscere Antonio meglio di lei, che gli viveva insieme da vent'anni. Non le demmo molto ascolto, perché Giovanna è una di quelle mogli che hanno l'abitudine di denigrare i mariti in loro presenza e pubblicamente.

L'oggetto-Antonio appariva radicato nel vassoio, ma se ne staccò netto ad una debole trazione, e non era neppure cosí pesante come sembrava. Poi toccò ad Anna, che si agitava sulla sedia per l'impazienza, e andava dicendo che un apparecchio cosí lei lo aveva sempre desiderato, e che diverse volte lo aveva perfino visto in sogno: solo che il suo creava simboli in grandezza naturale.

Anna mise la mano sulla lastra nera. Tutti guardavamo il vassoio, ma sul vassoio non si vedeva nulla. Ad un tratto, Tina disse: – Guardate, è là sopra! – Infatti, a mezzo metro d'altezza si vedeva una nuvoletta di vapore rosa-viola, grossa quanto un pugno: lentamente, si dipanò come un gomitolo, e si allungò verso il basso emanando numerose cortine verticali trasparenti. Cambiava forma di continuo: divenne ovale come un pallone da rugby, pur conservando sempre quel suo aspetto diafano e delicato, poi si divise in anelli sovrapposti fra i quali scoccavano piccole scintille crepitanti, ed infine si contrasse, si ridusse alle dimensioni di una noce, e scomparve con uno scoppietto.

– Molto bello, e anche rispondente, – disse Giuliana.

– Sí, – disse Giorgio: – ma quello che imbarazza, in questo affare, è che non sai mai che nome dare alle sue creature. Sono sempre mal definibili.

Miranda disse che era meglio cosí: sarebbe stato sgradevole trovarsi rappresentati da un mestolo, o da un piffero, o da una carota. Giorgio aggiunse che, pensandoci bene, non avrebbe potuto essere diversamente: – Questi... queste creature, insomma, non hanno nome perché sono individui, e dell'individuo non c'è scienza, cioè classificazione. Anche in loro, come in noi, l'esistenza precede l'essenza.

La nuvola-Anna era piaciuta a tutti, ma non ad Anna medesima, che anzi era rimasta piuttosto male:

– A me non pare di essere trasparente cosí. Ma forse è perché stasera sono stanca e ho le idee confuse.

Ugo fece nascere una sfera di legno nero levigato, che ad un piú attento esame risultò costituita da una ventina di pezzi che si incastravano fra loro con esattezza; Ugo la smontò e non riuscí piú a ricomporla. Ne fece un involtino e disse che avrebbe riprovato il giorno dopo, che era una domenica.

Claudio è timido, ed acconsentí alla prova solo dopo molte insistenze. Dapprima, e ancora sul vassoio non si vedeva niente, si percepí nell'aria un odore famigliare ma inaspettato: lí per lí stentammo a definirlo, ma era indubbiamente un odore di cucina. Subito dopo si sentí uno sfrigolio, e il fondo del vassoio si coprí di un liquido che ribolliva e fumava; dal liquido emerse un poligono piatto e bigio che, al di là di ogni ragionevole dubbio, era una grossa costoletta alla milanese con contorno di patate fritte. Ci furono commenti stupiti, perché Claudio non è né un buongustaio né un uomo vorace, anzi, di lui e della sua famiglia noi siamo soliti dire che sono privi di apparato digerente.

Claudio era arrossito, e si guardava intorno con imbarazzo. – Come sei diventato rosso! – esclamò Miranda, per il che Claudio divenne quasi viola; poi aggiunse, rivolta a noi: – Macché simbolo e simbolo. Si vede benissimo che questo coso è uno screanzato, e ha voluto insultare Claudio: dire a uno che è una costoletta è insultarlo. Queste sono cose da prendere alla lettera, io lo sapevo che prima o poi ci sarebbe cascato. Alberto, io se fossi in te lo renderei a chi te l'ha regalato.

Nel frattempo Claudio era riuscito a recuperare il fiato necessario per parlare, e disse che non era diventato rosso perché si sentisse insultato, ma per un altro motivo, talmente interessante che quasi quasi ce lo avrebbe raccontato, benché fosse un suo segreto che finora non aveva mai confessato a nessuno, neppure a Simonetta. Disse che lui aveva, non proprio un vizio o una perversione, ma insomma una singolarità. Disse che, fin da quando era ragazzo, le donne, tutte, gli sono lontane: non ne sente la vicinanza e l'attrazione, non le percepisce come creature di sangue e di carne, se non le ha vedute almeno una volta nell'atto di mangiare. Quando questo avviene, prova per loro una tenerezza intensa, e quasi sempre si innamora di loro. Era chiaro che lo psicofante aveva voluto alludere a questo: a suo parere, era uno strumento straordinario.

– Ti sei innamorato anche di me? –, chiese Adele con serietà.

– Sí, rispose Claudio: – È successo quella sera che abbiamo cenato tutti a Pavarolo. C'era la fonduta coi tartufi.

Anche Adele fu una sorpresa. Non appena ebbe posato il dito sul pulsante, si udí un « pop » netto, come quando salta il tappo di una bottiglia, e sul vassoio comparve una massa fulva, informe, tozza, vagamente conica, fatta di un materiale ruvido, friabile, arido al tatto. Era grossa come tutto il vassoio, anzi, sporgeva perfino un poco. Vi erano incastrate tre sfere bianche e grigie: ci accorgemmo subito che erano tre occhi, ma nessuno osò dirlo, né comunque commentare, perché Adele ha avuto un'esistenza irregolare, dolorosa e difficile. Adele rimase turbata: – Io sono quella? – chiese, e ci accorgemmo che i suoi occhi (quelli veri, voglio dire) si erano riempiti di lacrime. Henek cercò di venirle in aiuto:

– È impossibile che un apparecchio ti dica chi sei, perché tu non sei nulla. Tu, e tutti, mutiamo di anno in anno, di ora in ora. Poi: chi sei tu? quella che credi di essere? o quella che vorresti essere? o quella che gli altri ti credono? E quali altri? ognuno ti vede diversa, ognuno dà di te una versione sua personale.

Miranda disse: – A me questo arnese non piace, perché è un ficcanaso. Secondo me, interessa quello che uno fa, non quello che uno è. Uno è i suoi atti, passati e presenti: niente altro.

A me invece l'apparecchio piaceva. Non mi importava se dicesse il vero o mentisse, ma traeva dal nulla, inventava: *trovava*, come un poeta. Misi la mano sulla piastra ed attesi senza diffidenza. Sul vassoio comparve un granello lucido, che si accrebbe a formare un cilindretto grosso quanto un ditale; continuò a crescere, e in breve raggiunse le dimensioni di un barattolo, ed allora si vide che era proprio un barattolo, e piú precisamente un barattolo di vernice, litografato esternamente a righe di colori vivaci; tuttavia non pareva che contenesse vernice, perché a scuoterlo ticchettava. Mi incitarono ad aprirlo, e dentro c'erano diverse cose che allineai davanti a me sul tavolo. Un ago, una conchiglia, un anello di malachite, vari biglietti usati di tram, treni, vaporetti ed aerei, un compasso, un grillo morto e uno vivo, e un pezzetto di brace, che però si spense quasi subito.

Recuenco: la Nutrice

Sinda si era levato alla prima luce per portare le capre al pascolo. Intorno al villaggio, in un raggio di due ore di cammino, da molti anni non cresceva piú un filo d'erba: solo rovi e cactus, cosí aspri che perfino le capre li rifiutavano. Sinda non aveva che undici anni, ma nel villaggio lui solo ormai poteva andare in pastura; gli altri erano bambini, o troppo vecchi, o malati, o talmente indeboliti che riuscivano a stento a trascinarsi fino al ruscello. Prese con sé una zucca piena d'infuso di crescione e due fette di formaggio, che gli dovevano bastare fino a sera. Aveva già radunato le capre sulla piazza quando vide Diuka, sua sorella, che usciva dalla capanna stropicciandosi gli occhi: voleva venire al pascolo con lui. Pensò che il formaggio era poco, ma pensò anche che il giorno era lungo, il pascolo lontano, e il silenzio lassú troppo profondo: cosí la prese con sé.

Salivano da un'ora quando sorse il sole. Le capre non erano che ventotto, tutte quelle del villaggio. Sinda lo sapeva, e le sapeva anche contare: le teneva d'occhio, che non si smarrissero e non si azzoppassero giú per i dirupi. Diuka lo seguiva in silenzio; si fermavano ogni tanto a raccogliere more, e qualche chiocciola ridestata dalla rugiada della notte. Mangiare chiocciole non si deve, ma Sinda aveva già provato diverse volte e non gli era mai venuto mal di ventre; aveva insegnato a Diuka come si faceva a cavarle dal guscio, ed era sicuro che Diuka non lo avrebbe tradito.

In cielo non c'era una nuvola, ma ristagnava una foschia abbagliante: non c'era vento (non c'era mai vento), e l'aria era umida e calda come in un forno da pane. Proseguirono per il sentiero, superarono il costone che delimitava la valle, e videro il mare, velato di bruma, lucido fermo e lontano. Era un mare senza pesci, buono solo per il sale: la salina era abbandonata ormai da dieci anni, ma sale se ne poteva ancora cavare, benché misto a sabbia. Sinda c'era stato una volta, con suo padre, molti anni prima; poi suo padre era partito a caccia e non era piú ritornato. Il sale, adesso, lo portavano qualche volta i mercanti, ma poiché nel villaggio non c'era nulla con cui scambiarlo, venivano sempre piú di rado.

Sinda vide nel mare qualcosa che non aveva mai visto. Vide dapprima, proprio sulla linea dell'orizzonte, una piccola gobba luminosa, rotonda e bianca; come una minuscola luna, ma non poteva essere la luna: quella vera, quasi piena e coi margini netti, l'aveva vista tramontare solo un'ora prima. La mostrò a Diuka, ma senza molto interesse: nel mare ci sono tante cose, che entrambi avevano sentite descrivere attorno al fuoco; navi, balene, mostri, piante che crescono dal fondo, pesci feroci, anche anime di morti annegati. Cose che vengono e vanno e non ci riguardano, perché il mare è vanità e apparenza maligna: è un'immensa radura che sembra porti dappertutto e non porta in nessun luogo; sembra liscio e solido come una corazza d'acciaio, e invece non regge il piede, e se ti ci avventuri affondi. È acqua e non la puoi bere.

Proseguirono il cammino: ormai la salita era finita, e il pascolo era in vista, poco piú alto di loro, a un'ora di cammino. I due ragazzi e le capre avanzavano per un tratturo ben battuto, in mezzo a una nuvola di polvere gialla, di tafani e di odore ammoniacale. A intervalli, Sinda osservava il mare, alla sua sinistra, e si accorse che quella cosa stava cambiando aspetto. Adesso era tutta fuori dell'orizzonte, era piú vicina, e sembrava uno di quei funghi globosi che si incontrano ai margini dei sentieri, e a toccarli si squarciano e soffiano un fiato di polvere bruna; ma in realtà doveva essere molto grossa, e a guardarla bene si vedeva che i suoi contorni erano sfumati come quelli delle nuvole. Pareva anzi che ribollisse, che cambiasse continuamente forma, come la schiuma del latte quando sta per traboccare; e diventava sempre piú grossa e piú vicina. Poco prima che raggiungessero il pascolo, e quando già le capre si sbandavano per brucare certi cardi fioriti, Sinda si rese conto che la cosa viaggiava diretta verso di loro. Allora gli vennero in mente certi racconti che aveva sentiti dai vecchi, e creduti solo a mezzo come si credono le favole: raccomandò le capre a Diuka, le promise che, lui o altri, sarebbero venuti prima di sera a riprenderle, e si avviò di corsa verso il villaggio. Dal villaggio, infatti, il mare non si vedeva: ne era separato da una catena di balze scoscese, e Sinda correva perché sperava-temeva che la cosa fosse la Nutrice, che viene ogni cento anni e porta la sazietà e la strage; voleva dirlo a tutti, che si preparassero, e voleva anche essere stato il primo a portare l'annuncio.

C'era una scorciatoia, nota a lui solo, ma non la prese perché gli avrebbe tolto la vista del mare troppo presto. Poco prima che Sinda raggiungesse il costone, la cosa appariva enorme, da togliere il respiro: la cima era alta fino al cielo, e dalla cima pioveva acqua a torrenti verso la base, e altra acqua si avventava verso la cima. Si sentiva come un tuono continuo, un rombo-fischio-scroscio da gelare il sangue nelle vene. Sinda si arrestò un attimo, e provò il bisogno di gettarsi a terra e adorare; ma si fece forza, e si precipitò giú per la discesa, sgraffiandosi fra i rovi, inciampando nei sassi, cadendo e rialzandosi. Adesso non si vedeva piú niente, ma il rombo si sentiva, e quando Sinda giunse al villaggio tutti lo sentivano, ma non sapevano cos'era, e lui Sinda invece lo sapeva, e stette in mezzo alla piazza ebbro e insanguinato accennando con le braccia che tutti venissero e ascoltassero, perché la Nutrice stava arrivando.

Vennero prima pochi, poi tutti. Vennero i molti, troppi bambini, ma non era di loro che c'era bisogno. Vennero le vecchie, e le giovani che parevano vecchie, sulle soglie delle loro capanne. Vennero gli uomini dagli orti e dai campi, col passo lento e slombato di chi non conosce che la zappa e l'aratro; e venne infine anche Daiapi, quello che Sinda piú attendeva.

Ma Daiapi stesso, che pure era il piú vecchio del villaggio, non aveva che cinquant'anni, e perciò non poteva sapere per esperienza propria che cosa si deve fare quando la Nutrice viene. Non aveva che ricordi vaghi, ricavati dai ricordi appena meno vaghi trasmessi a lui da chissà quale altro Daiapi, e poi consolidati, cementati e distorti da innumerevoli ripetizioni accanto al fuoco. La Nutrice, di questo era certo, era già venuta altre volte al villaggio: due volte, o forse anche tre o piú, ma delle visite piú antiche, se pure ve n'erano state, ogni memoria si era perduta. Ma di certo Daiapi sapeva, e con lui tutti sapevano, che quando viene viene cosí, all'improvviso, dal mare, in mezzo a un turbine, e non si ferma che pochi istanti, e getta cibo dall'alto, e bisogna essere pronti in qualche modo perché il cibo non vada disperso. Sapeva ancora, o gli pareva di sapere, che essa varca i monti e i mari come un lampo, attratta verso là dove si ha fame. Per questo non si ferma mai: perché il mondo è sconfinato, e la fame è in molti luoghi fra loro lontani, e appena saziata rinasce come i germogli delle male piante.

Daiapi aveva poche forze e poca voce, ma anche se avesse avuto la voce del monsone non avrebbe potuto farla sentire per entro il fracasso che veniva dal mare, e che ormai aveva riempito la valle, tanto che ad ognuno pareva di essere sordo. Con l'esempio e coi gesti, fece sí che tutti portassero all'aperto tutti i recipienti di cui disponevano, piccoli e grandi; poi, mentre già il cielo si oscurava, e la pianura era spazzata da un vento mai visto, prese un piccone e una pala e cominciò a scavare febbrilmente, subito imitato da molti. Scavarono con tutte le loro forze, con gli occhi pieni di sudore e gli orecchi pieni di tuono: ma erano riusciti a malapena a scavare sulla piazza una fossa grande come una tomba, quando la Nutrice superò le colline come una nuvola di ferro e di fragore, e rimase librata a picco sopra le loro teste. Era piú grande dell'intero villaggio, c lo coprí con la sua ombra. Sci trombc d'acciaio, rivolte verso il basso, vomitavano sei uragani sui quali la macchina si sosteneva, quasi immobile; ma l'aria scaraventata a terra travolgeva la polvere, i sassi, le foglie, gli steccati, i tetti delle capanne, e li disperdeva in alto e lontano. I bambini fuggirono, o furono soffiati via come la pula; gli uomini resistettero, avvinghiati agli alberi ed ai muri.

Videro la macchina scendere lentamente; in mezzo ai turbini di polvere giallastra, qualcuno sostenne di aver intravvisto figure umane sporgersi dall'alto a guardare: chi disse due, chi tre. Una donna affermò di aver udito voci, ma non umane: erano metalliche e nasali, e cosí forti che superavano lo strepito.

Quando le sei trombe furono a pochi metri dai culmini delle capanne, dal ventre della macchina uscirono sei tubi bianchi, che rimasero penzoloni nel vuoto:

ed ecco, a un tratto dai tubi scaturí in bianchi getti l'alimento, il latte celeste. I due tubi centrali gettavano entro la fossa, ma intanto un diluvio di alimento cadeva a casaccio su tutto il villaggio, ed anche al di fuori, trascinato e polverizzato dal vento delle trombe. Sinda, in mezzo al trambusto, aveva trovato un truogolo, che aveva servito un tempo come abbeveratoio per le bestie: lo trascinò sotto uno dei tubi, ma fu pieno in un attimo, e il liquido traboccò a terra imbrattandogli i piedi. Sinda lo assaggiò: sembrava latte, anzi crema, ma non era. Era denso e insipido, e saziava in un momento: Sinda vide che tutti lo ingoiavano avidamente, raccogliendolo da terra con le mani, con le pale, con foglie di palma.

Risuonò dal cielo un rumore, forse un suono di corno, o forse un ordine pronunciato da quella fredda voce meccanica, ed il flusso cessò di colpo. Subito dopo, il rombo e il vento si gonfiarono oltre misura, e Sinda fu soffiato via a rotoloni in mezzo alle pozze vischiose; la macchina si sollevò, dapprima a perpendicolo, poi obliquamente, e in pochi minuti si nascose dietro le montagne.

Sinda si rimise in piedi e si guardò intorno: il villaggio non sembrava piú il suo villaggio. Non solo la fossa traboccava, ma il latte colava denso per tutti i vicoli in pendio, e grondava dai pochi tetti che avevano resistito. La parte bassa del villaggio era allagata: due donne erano affogate, e cosí pure molti conigli e cani, e tutti i polli. A galla sul liquido furono trovati centinaia di fogli di carta stampata, tutti uguali: portavano in alto a sinistra un segno rotondo, che forse rappresentava il mondo, e poi seguiva un testo diviso in articoli, e ripetuto in diversi caratteri e in diverse lingue, ma nessuno del villaggio sapeva leggere. Sul rovescio del foglio era una ridicola serie di disegni: un uomo nudo e magro, accanto un bicchiere, ancora accanto l'uomo che beveva il bicchiere, e infine lo stesso uomo, ma non piú magro; piú sotto, un altro uomo magro, accanto un secchio, poi l'uomo che beveva dal secchio, e infine lo stesso uomo coricato a terra, con gli occhi sbarrati, la bocca spalancata e il ventre esploso.

Daiapi comprese subito il significato dei disegni, e convocò gli uomini sulla piazza, ma era troppo tardi: nei due giorni successivi otto uomini e due donne morirono, lividi e gonfi. Fu fatto un inventario, e si vide che, senza contare il latte che era andato perduto o si era mescolato con la terra o col letame, ne rimaneva ancora abbastanza per nutrire l'intero villaggio per un anno. Daiapi dispose che al piú presto si cuocessero giare e si cucissero otri di pelle di capra, perché temeva che il latte della fossa si corrompesse a contatto con il terreno.

Solo quando fu notte, Sinda, stordito da tutte le cose viste e fatte, e intorpidito dal latte bevuto, si ricordò di Diuka rimasta all'alpeggio con le capre. Partí all'alba dell'indomani, portando con sé una zucca colma di cibo, ma trovò le capre disperse, e quattro ne mancavano, e anche Diuka mancava. La ritrovò poco dopo, ferita e spaventata, ai piedi di un dirupo, insieme con le quattro bestie morte: le aveva soffiate giú il vento della Nutrice, quando aveva sorvolato il pascolo.

Qualche giorno dopo, una vecchia, ripulendo il suo cortile dalle croste di latte seccato dal sole, rinvenne un oggetto mai visto prima. Era lucido come l'argento, piú duro della selce, lungo un piede, stretto ed appiattito; ad una estremità era arrotondato a formare un disco con un grosso intacco esagonale; l'altra estremità costituiva come un anello, il cui foro, largo due dita, aveva la forma di una stella a dodici punte ottuse. Daiapi ordinò che si costruisse un tabernacolo di pietra sul masso erratico che stava presso il villaggio, e che l'oggetto vi fosse conservato per sempre, a ricordo del giorno della visita della Nutrice.

Recuenco: il rafter

Sospesa a pochi metri sopra le onde, la piattaforma scivolava veloce, vibrando e ronzando debolmente. Nell'abitacolo, Himamoto dormiva, Kropivà badava alla radio e scriveva, e Farnham stava ai comandi. Farnham era quello che si annoiava di piú, perché pilotare un rafter vuol dire pilotare un bel niente: stai alla ruota ma non la devi toccare, guardi l'altimetro e l'ago non si sposta di un filo, sorvegli la girobussola ma è ferma come di pietra; quando c'è da cambiare rotta (che capita di rado, perché un rafter va sempre diritto) ci pensano quegli altri laggiú. Tutto quello che devi fare è stare attento che non si accenda una delle spie gialle dell'emergenza, ma Farnham navigava sui rafter ormai da otto anni, e non aveva mai visto accendersi una spia gialla, né aveva mai sentito raccontare, alla mensa piloti, che una spia gialla si fosse mai accesa. Insomma, è come fare il guardiano notturno. Non è un lavoro da uomo: è un mestiere noioso come fare la calza. Farnham, per non addormentarsi, fumava una sigaretta dopo l'altra, e recitava a mezza voce una poesia. Piuttosto che una poesia era una canzoncina, in cui, in versi molto facili da ricordare, erano condensate tutte le prescrizioni da seguire nel caso, inverosimile e quasi comico, che appunto una spia gialla si fosse accesa. Tutti i piloti dovevano sapere a memoria la canzoncina dell'emergenza.

Farnham veniva dai jets, e a bordo di un rafter si

sentiva come in pensione, si mortificava e si vergognava anche un poco. D'accordo, era un servizio utile anche quello, ma come dimenticare certe missioni sulla giungla coi B28, due, tre viaggi al giorno, e delle volte anche di notte, coi fuochi dei ribelli che occhieggiano tra il fogliame, sei mitragliere che sputano fiamme, e venti tonnellate di bombe a bordo? Ma, appunto, allora aveva quindici anni di meno: quando i riflessi si fanno un po' lenti, ti sbattono nei rafter.

Se almeno Himamoto si fosse svegliato: ma no, quello dormiva sempre tutte le sue otto ore. Con la scusa che pativa la nausea, si riempiva di pillole, e appena smontava dal suo quarto si addormentava come un masso. Bisogna sapere che un rafter non è mica poi tanto veloce: ci mette trentacinque o quaranta ore buone per traversare l'Atlantico, e quando è a pieno carico, cioè con duecentoquaranta tonnellate di latte a bordo, è maneggevole come un tranvai nell'ora di punta.

Anche a guardare fuori non c'era molto gusto. Era ancora notte fonda, il cielo era coperto; nei fasci di luce dei fari, davanti e dietro, non si vedevano che onde gonfie e pigre, e il diluvio monotono dell'acqua sollevata dalle sei soffierie, che ricadeva a scroscio sulla piattaforma, grande quanto un campo da tennis, e sulla cabina assurdamente piccola.

Si sentiva Himamoto russare. Russava in un modo irritante: prima leggero leggero, quasi come un sospiro, poi a un tratto sparava un grugnito secco, sconcio, e si fermava come se fosse morto; ma no, dopo un minuto di silenzio angoscioso ricominciava da capo. Era il primo viaggio che Farnham faceva con Himamoto, e lo trovava gentile e gradevole da sveglio, e insopportabile da addormentato. Da sveglio, Himamoto era simpatico perché era giovane, aveva poca esperienza di navigazione, ed era disposto a sostenere con diligenza e ingenuità la parte del discepolo: ora, poiché invece Farnham teneva molto a far mostra della sua esperienza, i due andavano abbastanza d'accordo, e il quarto migliore era quello in cui Kropivà dormiva. Ecco perché Farnham non vedeva l'ora che arrivassero le sei.

Al contrario di Himamoto, Kropivà gli piaceva addormentato e gli dava noia da sveglio. Da sveglio, era un pignolo mostruoso: Farnham, che aveva girato il mondo parecchio, non aveva mai incontrato un russo cosí, e si domandava dove l'Organizzazione lo avesse potuto scovare. Forse in qualche ufficio amministrativo sperduto nella tundra, o fra il personale ferroviario o carcerario. Non beveva, non fumava, non parlava che a monosillabi, e faceva conti tutto il tempo. Farnham qualche volta aveva dato un'occhiata ai fogli che Kropivà lasciava in giro, e aveva visto che contava tutto: quanti anni, mesi e giorni gli mancavano per andare in pensione; quanti dollari gli avrebbero dato, fino ai cents e ai centesimi di cent; e a quanti rubli e copeche quei dollari corrispondevano, al cambio nero e a quello ufficiale. Quanto costava ogni minuto e ogni miglio di viaggio del rafter, in carburante, paghe, manutenzione, assicurazione, ammortamento: come se il rafter fosse stato suo. Quanto avrebbe preso di stipendio il prossimo mese: quella lista vertiginosa di items, che lui Farnham si cacciava in tasca senza neppure guardarla, affascinava Kropivà, che si dilettava a calcolarla in anticipo, compreso tutto, gli assegni familiari, il rimborso mensa agli scali, la maggiorazione per il passaggio della linea di data, l'indennità per i quarti di notte, per le ore straordinarie, per il lavoro disagiato, per il clima tropicale e per quello glaciale, per i giorni festivi; e con tutte le trattenute, per le tasse, la mutua e la pensione. Tutte cose belle e giuste, ma a Farnham sembrava stupido e meschino passarci la giornata: come se non ci fosse il centro meccanografico, o se lavorasse sbagliato. Era fortuna che Kropivà non parlasse, ma anche cosí la sua presenza dava a Farnham un disagio confuso.

Alle sei in punto Farnham svegliò Himamoto, e Kropivà se ne andò in cuccetta senza neanche dire crepa. In poppa, attraverso la pioggia delle soffierie, si vedeva il cielo farsi sereno, e illuminarsi di una tenue luce verde che annunciava il giorno. Farnham andò alla radio e Himamoto, ancora pieno di sonno, sedette alla ruota. Almeno, adesso si potevano scambiare quattro parole.

– Fra quanto arriviamo? – chiese Himamoto.

– Fra tre o quattro ore.

– E... come si chiama quel posto?

– Recuenco. È la terza volta che me lo chiedi.

– Lo so, ma lo dimentico sempre.

– Poco male: un posto vale l'altro. A Recuenco dobbiamo mollare cinquanta tonnellate.

– Devo mettere a zero il contatore?

– Già fatto, mentre tu dormivi. A proposito: lo sai che russi come un diavolo?

– Non è vero, – protestò Himamoto con dignità: – io non russo affatto.

– La prossima volta mi porto dietro il registratore, – minacciò Farnham bonariamente. Himamoto si lavò, si rase con uno splendido rasoio a mano libera (si vede che al suo paese usava cosí) e andò a prelevarsi un caffè caldo e un panino dal distributore. Diede un'occhiata a Kropivà: – Dorme già, – constatò con un'ombra di soddisfazione nella voce.

– È un tipo un po' strano, – disse Farnham. – Ma va bene anche cosí: ne ho visti tanti, ed è meglio lui di quelli che bevono o prendono la polverina o fanno baldoria a tutti gli scali. Come lui non ce n'è un altro, per controllare il carico e lo scarico del latte e del cherosene, tutti quegli impicci doganali, e il rendiconto alla base. Perché sai, delle volte si torna con monete di cinque o sei valute diverse, e bisogna rendere conto fino al centesimo, e per queste cose lui è straordinario: vale tre computers –. « La concordia e la stima reciproca a bordo prima di tutto », pensava intanto.

Dietro di loro si stava levando il sole, e subito gli apparvero intorno due fulgidi arcobaleni concentrici. – Oh bello! Molto bello! – esclamò Himamoto: il suo inglese era fluido e corretto, ma gli mancavano i termini per esprimere i moti dell'animo.

– Sí, è bello, – rispose Farnham: – ma è sempre uguale, a ogni alba e a ogni tramonto: ci si fa l'abitudine. Viene dall'acqua che i motori sollevano. Anche il sole sembra bagnato, vedi?

Ci fu una mezz'ora di silenzio. Himamoto, appunto perché sapeva di essere distratto, sorvegliava la rotta e gli strumenti con attenzione concentrata. Si vide una traccia sullo schermo radar, a venti miglia in prua: Himamoto, istintivamente, afferrò la ruota.

– Non preoccuparti, – disse Farnham, – fa tutto lui –. Infatti, senza sussulti e senza strappi il rafter virò spontaneamente a diritta, aggirò la nave o relitto o iceberg che fosse, poi ritornò ponderosamente alla via.

– Di', – disse Himamoto, – tu non l'hai mai assaggiato?

– Non sa di niente, – rispose Farnham.

Dopo qualche minuto, Himamoto insistette: – Vorrei assaggiarlo lo stesso: poi a casa mi chiederanno.

– Niente di male: ma prova adesso, allora, mentre lui dorme, se no è capace di farti fare il buono di prelievo.

– Da dove si tira?

– Dal rubinetto sotto al depuratore. Ma non c'è nessun gusto, ti dico: sa di carta asciugante. Vai, sto io al comando.

Himamoto estrasse un bicchiere di plastica dal distributore e andò al rubinetto, incespicando fra tubi e valvole dipinti di colori vivaci.

– Beh, non è né buono né cattivo. Però riempie lo stomaco.

– Si capisce: non è roba per noi. È buona per quelli che hanno fame. Fanno pena, i bambini specialmente: anche tu li avrai visti, in film, al corso di preparazione. Ma in fondo è gente che non merita altro, perché sono fannulloni, imprevidenti e buoni a nulla. Non vorrai che gli portiamo champagne.

Suonò una cicala, e un quadro verde si illuminò davanti a Farnham. – Perdinci! Il cuore me lo diceva. Un'altra richiesta, urgente: Shangeehaydhang, Filippine: chissà come diavolo si pronuncia. 12° 5′ 43″ Nord, 124° 48′ 46″ Est. Fatti coraggio: niente week-end a Rio. È all'altro capo del mondo.

– Allora perché lo segnalano a noi?

– Si vede che, malgrado tutto, siamo i piú vicini, o i piú scarichi, o gli altri tre sono sotto rifornimento. Sta di fatto che ci tengono sempre in giro: e si capisce, perché un rafter costa piú di una missione lunare, e il latte costa quasi niente. È per questo che ci lasciano solo tre minuti per scaricarlo: anche se se ne spreca un poco, non importa; l'essenziale è che non si perda tempo.

– È peccato che se ne sprechi. Io, da piccolo, la fame l'ho conosciuta.

– Se ne spreca quasi sempre. Qualche volta si riesce a metterli sull'avviso via radio, e viene fuori un bel lavoro, svelto e pulito; ma nella maggior parte dei casi la radio non sanno neppure cosa sia, come questi che andiamo a rifornire adesso, e allora ci si arrangia come si può.

Sulla loro sinistra si andava disegnando un banco di nuvole, dietro a cui si intravvedeva una catena di montagne: emergeva un'alta cima conica coperta di neve.

– Io ci sono stato, una volta, là dove lo fanno: non è molto lontano di qui. C'è una foresta sterminata, grande come tutto il Texas, e un super-rafter che va e viene in mezzo. A mano a mano che avanza, falcia tutte le piante davanti a sé, e si lascia dietro una scia vuota larga trenta metri. Le piante vanno a finire dentro la stiva, vengono sminuzzate, cotte, lavate con un acido, e se ne cavano le proteine, che sono appunto il latte; noi lo chiamiamo cosí, ma il nome ufficiale è FOD. Il resto della pianta serve a fornire energia alla macchina stessa. È un bel lavoro; vale la pena di andare a vedere, e non è neanche difficile: ogni due anni organizzano un viaggio-premio per i piloti senza penalità. Ho fatto anche delle foto: alla base te le mostro. È un viaggio guidato, ti spiegano tutto, anche la faccenda dei detector che sentono l'acetone nell'atmosfera, vicino ai centri dove c'è gente affamata, e trasmettono i segnali ai computer della base.

Pochi minuti dopo entrambi videro una larga barriera disegnarsi sullo schermo radar: era a sole sette miglia, ma la bruma che copriva il mare impediva di vederla. – Ci siamo, – disse Farnham: – Forse è meglio se prendo io i comandi; tu vedi di svegliare Kropivà.

Si sentí aumentare la vibrazione della piattaforma; allo stesso momento il diluvio intorno a loro cessò di colpo, e fu sostituito da una nuvola turbinosa di polvere giallastra, sabbia e brandelli di fogliame. Divenne visibile una catena di balze scoscese: Farnham sollevò il rafter in quota di sicurezza, e pochi istanti dopo, in una breve pianura brulla, apparve il villaggio di Recuenco, una cinquantina di capanne di fango e di pietra grigia, coi tetti di foglie di palma. Minuscole figure umane strisciavano in tutti i sensi, come formiche in un formicaio scoperchiato: alcune armeggiavano con pale e picconi. Farnham arrestò il rafter a picco sopra la piazza: l'ombra della piattaforma copriva interamente il villaggio. – Andiamo fuori, – disse.

Calzarono le tute e gli occhiali ed uscirono tutti e tre: furono percossi dal calore, dal frastuono e dal vento come da una mazzata. Potevano comunicare fra loro solo a gesti, o attraverso gli altoparlanti: nonostante le tute, sentivano sassi e schegge grandinare loro addosso. Aggrappandosi ai mancorrenti, Farnham si trascinò fino ai comandi esterni, e si avvide che i bulloni che fissavano il pannello alla tolda erano allentati: urlò a Himamoto di prendere la chiave da 24, e a Kropivà di prepararsi a lanciare il latte e i volantini. Fece scendere la macchina finché le sei trombe furono a pochi metri sopra le capanne, poi fece uscire i tubi dagli alloggiamenti. Guardando giú dalla ringhiera, attraverso i vortici di polvere soffocante vide che in mezzo alla piazza era stata scavata una fossa, e manovrò in modo che almeno i due tubi centrali vi si trovassero sopra a piombo; poi disse a Himamoto di serrare bene i bulloni del pannello, e a Kropivà di iniziare lo scarico.

In meno di due minuti il contatore si fermò sui 50 000 litri; Kropivà arrestò il flusso e lanciò i volantini con le istruzioni, che si dispersero in tutte le direzioni come uccelli spaventati. Farnham imballò le soffierie, il rafter si sollevò dapprima a perpendicolo, poi obliquamente, un po' piú leggero e docile di prima, e cominciò a superare una barriera di montagne desolate. In mezzo alle pietraie, Farnham vide un piccolo altopiano verde, in cui pascolava un gregge di capre: non c'era altro di vivo, né altro verde, per decine di miglia intorno.

Kropivà compilò il modulo dello scarico, lo timbrò, lo firmò e lo fece firmare dagli altri due, poi si rimise a dormire; Himamoto riprese i comandi, ma subito si batté una mano sulla fronte: – La chiave! – disse, e senza tuta né occhiali uscí di volata sulla piattaforma. Rientrò poco dopo: – Non c'è piú, dev'essere caduta fuori bordo.

– Non importa, – disse Farnham: – c'è quella di ricambio –. Kropivà disse: – Bisogna fare il verbale di smarrimento. Mi rincresce, ma te la devo trattenere sullo stipendio.

Il fabbro di se stesso

A Italo Calvino

È meglio essere chiari fin dall'inizio: io che vi parlo sono oggi un uomo, uno di voi. Non sono diverso da voi viventi che in un punto: ho memoria migliore della vostra.

Voi dimenticate quasi tutto. Lo so, c'è chi sostiene che nulla veramente si cancella, che ogni conoscenza, ogni sensazione, ogni foglia di ogni albero fra quanti ne avete visti dall'infanzia, giace in voi, e può essere evocata in eventi eccezionali, in seguito a un trauma, a una malattia mentale, forse anche nel sogno. Ma che ricordi sono questi, che non obbediscono al vostro richiamo? A cosa vi servono?

Piú solida è quell'altra memoria, quella che sta inscritta nelle vostre cellule, per cui i vostri capelli biondi sono il ricordo (sí, il « souvenir », il ricordo fatto materia) di innumerevoli altri capelli biondi, fino al giorno remoto in cui il seme di un vostro avo sconosciuto si è mutato dentro di lui, senza di lui, senza che lui lo sapesse. Queste cose le avete registrate, « recorded »: le ricordate bene, ma, ripeto, a che serve ricordare senza evocare? Non è questo il senso del verbo « ricordare », quale viene comunemente pronunciato e inteso.

Per me è diverso. Io ricordo tutto: voglio dire, tutto quanto mi è accaduto dall'infanzia. Posso riaccenderne in me la memoria quando desidero, e raccontarlo. Ma anche la mia memoria cellulare è migliore della vostra, anzi, è piena: io ricordo tutto quanto è avvenuto ad ognuno dei miei avi, in linea diretta, fino al tempo piú remoto. Fino al tempo, credo, in cui il primo dei miei avi ebbe in dono (o si fece dono di) un encefalo differenziato. Perciò, il mio dire « io » è piú ricco del vostro, e si sprofonda nel tempo. Tu, lettore, avrai certo conosciuto tuo padre, o saprai comunque molto di lui. Avrai forse conosciuto tuo nonno; meno probabilmente il tuo bisnonno. Alcuni pochi fra voi possono risalire nel tempo per cinque o dieci generazioni, attraverso documenti, testimonianze o ritratti, e vi trovano uomini, diversi da loro nei costumi, carattere e linguaggio, pure ancora uomini. Ma diecimila generazioni? O dieci milioni di generazioni? Quale dei vostri antenati in linea maschile non sarà piú uomo ma quasi-uomo? Metteteli in fila e guardateli: quale non è piú uomo ma altro? Quale non piú mammifero? E qual era il suo aspetto?

« Io » so tutto questo, ho fatto e subíto tutto quanto i miei avi hanno fatto e subíto, perché io ho ereditato le loro memorie, e pertanto io sono loro. Uno di loro, il primo, mutò felicemente acquistando questa virtú della memoria ereditaria, e l'ha trasmessa fino a me, cosicché/affinché io possa oggi dire « io » con questa inusitata ampiezza.

So anche il come e il perché di ogni variazione, piccola o grande. Ora, se io so che una cosa deve essere fatta, voglio farla, ed essa si fa, non è come se io l'avessi fatta, non l'ho fatta io? Se l'aurora mi abbaglia, ed io voglio chiudere gli occhi, e gli occhi mi si chiudono, non ho io chiuso gli occhi? Ma se mi occorre staccare il ventre dalla madre terra, se lo voglio staccare, ed esso nei millenni si stacca, ed io non ho piú strisciato ma ho camminato, non è questa opera mia? Io sono il fabbro di me stesso, e questo è il mio diario.

– 10^9. Ieri l'acqua è scesa di altri due millimetri. Non posso mica restare in acqua in permanenza: questo l'ho capito da un pezzo. D'altra parte, attrezzarsi per la vita aerea è un lavoraccio. Si fa presto a dire: « allénati, vai a riva, introfletti le branchie »: c'è una quantità di altri impicci. Le gambe, per esempio: bisognerà che me le calcoli con dei buoni margini di sicurezza, perché qui dentro io non peso niente o quasi, anzi, per meglio dire peso quanto voglio, ma una volta a riva avrò tutto il mio peso da amministrare. E la pelle?

– 10^8. Mia moglie si è messa in capo di tenersi le uova in corpo. Dice che sta studiando il sistema di allevare i piccoli in una qualche cavità del suo stesso organismo, e poi, una volta che siano autonomi, di metterli fuori. Ma non se la sente di separarsi da loro cosí, tutto ad un tratto: dice che soffrirebbe troppo, e che ha in mente un alimento completo, zuccheri, proteine, vitamine e grassi, e conta di fabbricarlo lei stessa. È chiaro che dovrà limitare di molto il numero dei piccoli, ma mi ha fatto capire che, a suo parere, sarebbe meglio avere cinque o dieci figli invece che dieci o centomila, però allevarli a dovere, fino a che se la sappiano cavare veramente. Si sa come sono le femmine: quando si tratta dei piccoli, non intendono ragione; per loro si butterebbero nel fuoco, o si lascerebbero divorare. Anzi, si lasciano proprio divorare: mi hanno parlato poco fa di un coleottero del tardo Permiano; ebbene, il primo alimento delle larve è proprio il cadavere della madre. Spero che mia moglie non si abbandonerà a certi eccessi, ma intanto questa faccenda, che lei mi va raccontando un pezzo alla volta per non scandalizzarmi, a conti fatti viene a valere poco di meno. Stasera mi ha annunciato che è riuscita a modificare sei ghiandole epiteliali, e a farne uscire qualche goccia di un liquido bianco che le sembra adatto allo scopo.

– 5×10^7. Siamo approdati: non c'erano molte scelte, il mare è sempre piú freddo e salato, e poi si sta riempiendo di bestie che non mi piacciono tanto, pesci coi denti, lunghi piú di sei metri, e altri piú piccoli, ma velenosi o molto voraci. Però, mia moglie ed io abbiamo deciso di non tagliarci i ponti alle spalle: non si sa mai, forse un giorno ci potrà fare comodo ritornare in acqua. Cosí, io ho pensato bene di conservare lo stesso peso specifico dell'acqua di mare, per il che ho dovuto ingrassare un poco per compensare il peso delle ossa. Ho anche cercato di mantenere il plasma alla stessa tensione osmotica dell'acqua marina, e press'a poco con la stessa composizione ionica. I vantaggi, anche mia moglie li ha riconosciuti: quando facciamo il bagno per lavarci o per tenerci in esercizio, galleggiamo senza difficoltà, possiamo immergerci senza sforzo, e la pelle non ci si raggrinza.

A stare all'asciutto, c'è del buono e del meno buono. È piú scomodo, ma anche piú divertente e piú stimolante. Per la locomozione, posso ben dire che si tratta ormai di un problema risolto: ho provato prima a strisciare sulla sabbia come quando si nuota, poi addirittura ho riassorbito le pinne, che mi davano piú noia che altro. Poteva andare, ma non si raggiungevano velocità soddisfacenti, ed era difficile spostarsi per esempio sulla roccia liscia. Per ora, cammino ancora strisciando sul ventre, ma conto di farmi qualche gamba fra poco, non so ancora se due o quattro o sei.

Piú stimolante, dicevo: si vedono e si sentono piú cose, odori, colori, suoni; si diventa piú versatili, piú pronti, piú intelligenti. È proprio per questo che terrei molto a portare un giorno o l'altro la testa eretta: dall'alto si vede piú lontano. Poi ho anche un progettino che riguarda gli arti anteriori, e spero di potermene occupare presto.

Quanto alla pelle, ho dovuto constatare che è troppo corta per poterla usare come organo di respirazione: peccato, ci contavo. Ma mi è riuscita molto bene ugualmente: è morbida, porosa e insieme quasi impermeabile, resiste magnificamente al sole, all'acqua e all'invecchiamento, si pigmenta facilmente, e contiene una quantità di ghiandole e di terminazioni nervose. Non credo che mi occorrerà piú cambiarla, come facevo fino a poco tempo fa: non è piú un problema.

Dove invece il problema c'è, e grosso, e balordo, è nella questione della riproduzione. Mia moglie fa presto a dire: pochi figli, gravidanza, allattamento. Io cerco di assecondarla, perché le voglio bene, e poi perché il grosso del lavoro tocca a lei: ma, quando ha deciso di convertirsi al mammiferismo, non si è certo resa conto dello sconquasso che stava combinando.

Io gliel'avevo detto: – Fai attenzione, i figli a me non importa che siano alti tre metri, né che pesino mezza tonnellata, né che siano capaci di stritolare coi denti un femore di bisonte: io i figli li voglio coi riflessi pronti e i sensi bene sviluppati, e soprattutto svegli e pieni di fantasia, che magari col tempo siano capaci di inventare la ruota e l'alfabeto. Cosí dovranno avere il cervello un po' abbondante, e quindi il cranio grosso, e allora come faranno a uscire quando sarà il momento di nascere? Finirà che partorirai con dolore –. Ma lei, quando ha un'idea in capo, non c'è santi. S'è data da fare, ha provato diversi sistemi, ha fatto anche fiasco diverse volte, e alla fine ha poi scelto la soluzione piú semplice: si è allargato il bacino (adesso ce l'ha piú largo del mio), e il cranio del ragazzino lo ha fatto molle e come snodato; insomma, magari con qualche aiuto, a partorire adesso se la cava, almeno nove volte su dieci. Però con dolore: in questo, lo ha ammesso anche lei, ho avuto ragione io.

– 2×10^7. Caro diario, oggi l'ho scampata bella: un bestione, non so come si chiami, è uscito da una palude e mi ha rincorso per quasi un'ora. Non appena ho ripreso un po' di fiato, mi sono deciso; in questo mondo è imprudente andare in giro disarmati. Ci ho pensato su, ho fatto qualche schizzo, poi ho scelto. Mi sono fatto una bella corazza di scudi ossei, quattro corna sulla fronte, un'unghia per dito, e otto spine velenose in cima alla coda. Voi non ci crederete, ma ho fatto tutto soltanto con carbonio, idrogeno, ossigeno e azoto, oltre a un pizzico di solfo. Sarà una mia fissazione, ma non mi piacciono le novità, in fatto di materiali da costruzione: i metalli, per esempio, non mi dànno affidamento. Forse è perché non so tanto bene la chimica inorganica: mi trovo molto piú a mio agio col carbonio, i colloidi e le macromolecole.

– 10^7. A terra, fra le tante novità, ci sono le piante. Erbe, cespugli, alghe, alberi alti trenta o cinquanta metri: tutto è verde, tutto germoglia e cresce e si squaderna al sole. Sembrano stupide, eppure rubano l'energia al sole, il carbonio all'aria, i sali alla terra, e crescono per mille anni senza filare né tessere né scannarsi a vicenda come noi.

C'è chi mangia le piante, e c'è chi sta a guardare e poi si mangia chi mangia le piante. Per un verso è piú comodo, perché con quest'ultimo sistema si ingozzano alla svelta molecole belle e grosse senza perdere tempo in sintesi che mica tutti sono capaci di fare; per un altro, è una vita dura, perché a nessuno piace essere mangiato, e quindi ciascuno si difende meglio che può, sia coi mezzi classici (come me), sia con sistemi piú fantasiosi, per esempio cambiando colore, dando la scossa o puzzando. I piú sempliciotti si allenano a scappare.

Io, per me, ho stentato un poco ad abituarmi all'erba ed alle foglie: ho dovuto allungarmi l'intestino, sdoppiarmi lo stomaco, poi ho perfino fatto un contratto con certi protozoi che ho incontrato per via; io me li tengo al caldo dentro la pancia, e loro demoliscono la cellulosa per conto mio. Al legno, poi, non mi sono abituato affatto: che è un peccato, perché ce n'è in abbondanza.

Dimenticavo di raccontare che da un pezzo posseggo un paio d'occhi. Non è stata propriamente un'invenzione, ma una catena di piccole malizie. Mi sono fatto prima due macchiette nere, ma distinguevano solo la luce dal buio: era chiaro che mi occorrevano delle lenti. Da principio ho cercato di farmele di corno, o di un qualche polisaccaride, ma poi ci ho ripensato e ho deciso di farle d'acqua, che in fondo era poi l'uovo di Colombo: l'acqua è trasparente, costa poco, e la conosco molto bene; anzi, io stesso, quando sono uscito dal mare (non ricordo se l'ho già scritto qui), mi sono portato dietro un buon due terzi d'acqua: e fa perfino un po' ridere questo 70 per cento d'acqua che sente, pensa, dice « io » e scrive un diario. Insomma, a farla breve, le lenti d'acqua sono venute benissimo (gli ho solo dovuto aggiungere un po' di gelatina): sono perfino riuscito a farle con fuoco variabile e a completarle con un diaframma, e non ho usato neppure un milligrammo di elementi diversi dai quattro a cui mi sono affezionato.

– 5×10^6. A proposito di alberi: a furia di viverci in mezzo, e occasionalmente anche sopra, hanno cominciato a piacerci, a mia moglie e a me: voglio dire, a piacerci non piú solo come fonte di cibo, ma sotto diversi altri aspetti. Sono bellissime strutture, ma di questo parleremo un'altra volta; sono anche un portento d'ingegneria, e poi sono quasi immortali. Chi dice che la morte è inscritta nella vita non ha pensato a loro: ad ogni primavera ritornano giovani. Bisogna che io ci pensi su con calma: non potrebbero essere loro il miglior modello? Pensate: mentre scrivo, ho qui davanti a me una quercia, trenta tonnellate di buon legno compatto; ebbene, sta in piedi e cresce da trecento anni, non deve nascondersi né fuggire, nessuno la divora e non ha mai divorato nessuno. Non basta: respirano per noi, me ne sono accorto di recente, e poi su di loro si può abitare al sicuro.

Ieri, anzi, mi è capitato un fatto curioso. Mi stavo guardando le mani e i piedi, cosí, oziosamente: ormai, tanto per intenderci, sono fatti su per giú come i vostri. Ebbene, sono fatti per gli alberi. Con l'indice e il pollice, posso fare un cerchio adatto ad afferrare un ramo grosso fino a cinque centimetri; se è grosso fino a quindici, ci arrivo con le due mani, pollice contro pollice, dita contro dita, e fanno ancora un cerchio perfetto. Per rami piú grandi ancora, fino a cinquanta o sessanta centimetri, ci arrivo cosí, con le due braccia contro il petto. Lo stesso, all'incirca, si può dire per le gambe e i piedi: la mia volta plantare è il calco di un ramo.

«Ma sei tu che l'hai voluto!» direte. Certo: però non ci avevo fatto caso, sapete come succede a volte. Perché, è vero che mi sono fatto da me, però ho cambiato diversi modelli, ho fatto vari esperimenti, e a volte mi succede che dimentico di cancellare certi dettagli, soprattutto quando non mi dànno noia; o magari li conservo deliberatamente, come si fa coi ritratti degli antenati: per esempio, ho un ossicino nel padiglione dell'orecchio, che non mi serve piú a niente, perché è un pezzo che le orecchie non ho piú bisogno di orientarle; ma ci tengo moltissimo, e non lo lascerei atrofizzare per tutto l'oro del mondo.

– 10^6. L'avevamo capito da un pezzo, mia moglie ed io, che camminare è una soluzione, ma camminare a quattro gambe è una soluzione solo a mezzo. È chiaro: uno alto come me, e che stia eretto, domina un orizzonte di una dozzina di chilometri di raggio, cioè quasi ne è il signore. Ma c'è di piú: le mani restano libere. Le ho già, ma finora non avevo ancora pensato ad usarle per altro che per arrampicarmi sugli alberi; bene, ora mi sono accorto che con qualche piccola modifica mi potranno servire per diversi altri lavoretti che avevo in programma da tempo.

A me piacciono le comodità e le novità. Si tratta, ad esempio, di strappare rami e foglie, e farmene un giaciglio e un tetto; di affilare una conchiglia contro una lastra d'ardesia, e con la conchiglia affilata levigare un ramo di frassino, e col ramo ben liscio e appuntito abbattere un alce; e con la pelle dell'alce farmi una veste per l'inverno e una coperta per la notte; e con le ossa fare un pettine per mia moglie, e per me un punteruolo e un amuleto, e un piccolo alce per mio figlio, che ci giochi e impari a cacciare. Ho anche notato che, facendo le cose, te ne vengono in mente altre, a catena: spesso ho l'impressione di pensare piú con le mani che col cervello.

Con le mani, non che sia facile, ma si può anche scheggiare una selce, e legare la scheggia in cima a un bastone, e insomma farsi un'ascia, e con l'ascia difendere il mio territorio, o magari anche allargarlo; in altri termini, sfondare la testa di certi altri « io » che mi stanno fra i piedi, o corteggiano mia moglie, o anche soltanto sono piú bianchi o piú neri o piú pelosi o meno pelosi di me, o parlano con accento diverso.

Ma qui questo diario può anche finire. Con queste mie ultime trasformazioni ed invenzioni, il piú è ormai compiuto: da allora, nulla di essenziale mi è piú successo, né penso mi debba piú succedere in avvenire.

Il servo

Nel ghetto, la sapienza e la saggezza sono virtú a buon mercato. Sono talmente diffuse che anche il ciabattino e il facchino le potrebbero vantare, e appunto non le vantano: quasi non sono neppure piú virtú, come non è virtú lavarsi le mani prima di mangiare. Perciò, pur essendo sapiente e saggio piú d'ogni altro, il rabbino Arié di Praga non doveva la sua fama a queste qualità, ma ad un'altra piú rara, e questa era la sua forza.

Era forte quanto un uomo può esserlo, nello spirito e nella carne. Di lui si racconta che difese gli ebrei da un pogrom, senz'armi, ma solo col vigore delle sue grandi mani; si racconta inoltre che si sposò quattro volte, che quattro volte rimase vedovo, e che procreò un gran numero di figli, uno dei quali fu progenitore di Carlo Marx, di Franz Kafka, di Sigmund Freud e di Alberto Einstein, e di tutti coloro che nel vecchio cuore dell'Europa inseguirono la verità per vie ardite e nuove. Si sposò per la quarta volta a settant'anni; aveva settantacinque anni, ed era rabbino di Mikulov in Moravia, luogo santo, quando accettò la nomina a rabbino di Praga; ne aveva ottanta quando di sua mano si scolpí ed eresse il sepolcro che ancora oggi è oggetto di pellegrinaggio. Questo sepolcro ha sull'alto dell'arca una fenditura: chi vi lascia cadere un biglietto con su scritto un desiderio, sia egli ebreo, cristiano, mussulmano o pagano, lo vede esaudito entro l'anno. Il rabbino Arié visse fino a centocinque anni, in pieno vigore di corpo e di spirito, e ne aveva novanta quando intraprese di costruire un Golem.

Costruire un Golem, in sé, non è impresa di gran conto, e molti l'hanno tentata. Infatti, un Golem è poco piú che un nulla: è una porzione di materia, ossia di caos, racchiusa in sembianza umana o bestiale, è insomma un simulacro, e come tale non è buono a nulla; è anzi un qualcosa di essenzialmente sospetto e da starne alla larga, poiché sta scritto « non ti farai immagini e non le adorerai ». Il Vitello d'Oro era un Golem; lo era Adamo, ed anche noi lo siamo.

La differenza fra i Golem sta nella precisione e nella completezza delle prescrizioni che sovraintesero al loro costruirsi. Se si dice soltanto: « Prendi duecentoquaranta libbre d'argilla, dà loro forma d'uomo, e porta il simulacro alla fornace affinché si figga », ne verrà un idolo, come li fanno i gentili. Per fare un uomo, la via è piú lunga, perché le istruzioni sono piú numerose: ma non sono infinite, essendo inscritte in ogni nostro minuscolo seme, e questo il rabbino Arié lo sapeva, poiché si era visti nascere e crescere intorno figli numerosi, ed aveva considerato le loro fattezze. Ora, Arié non era un bestemmiatore, e non si era proposto di creare un secondo Adamo. Non intendeva costruire un uomo, bensí un po'el, o vogliamo dire un lavoratore, un servo fedele e forte e di non troppo discernimento: ciò insomma che nella sua lingua boema si chiama un robot. Infatti, l'uomo può sí (e talora deve) faticare e combattere, ma queste non sono opere propriamente umane. A queste imprese è buono un robot, appunto: qualcosa di un po' piú e di un po' meglio dei fantocci campanari, e di quelli che vanno in processione quando suonano le ore, sulla facciata del Municipio di Praga.

Un servo, ma che fosse forte quanto lui era, erede della sua forza, e che fosse di difesa e di aiuto al popolo d'Israele quando i giorni di lui Arié fossero giunti alla fine. Per ottenere questo, occorrevano dunque istruzioni piú complesse di quelle che ci vogliono per fare un idolo che sogghigni immobile nella sua nicchia, ma non altrettanto complesse di quelle che occorrono per «essere come Dio» e creare il secondo Adamo. Queste istruzioni, non occorre che tu le cerchi nel turbine del cielo stellato, né nella sfera di cristallo, né nel vaniloquio dello spirito di Pitone: sono già scritte, stanno nascoste nei libri della Legge, a te basta scegliere, cioè leggere, eleggere. Non una lettera, non un segno dei rotoli della Legge è a caso: a chi vi sa leggere, tutto appare distinto, ogni impresa passata, presente e futura, la formula e il destino dell'umanità e di ogni uomo, e i tuoi, e quelli di ogni carne, fino al verme cieco che tenta la sua via per mezzo il fango. Arié calcolò, e trovò che la formula del Golem, quale lui lo avrebbe voluto, non sarebbe stata tale da valicare le facoltà umane. La si poteva scrivere in 39 pagine, tante quanti erano stati i suoi figli: la coincidenza gli fu gradita.

Rimaneva la questione del divieto di farsi immagini. Come è noto, si deve « far siepe alla Legge », e cioè, è prudente interpretare precetti e divieti nel loro senso piú vasto, perché un errore dovuto a eccessiva diligenza non porta danno, mentre una trasgressione non si risana piú: non esistono espiazioni. Tuttavia, forse per la lunga convivenza coi gentili, nel ghetto di Praga era prevalsa un'interpretazione indulgente. Non ti farai immagini di Dio, perché Dio non ha immagine, ma perché non ti dovresti fare immagini del mondo intorno a te? Perché l'immagine del corvo dovrebbe tentarti all'idolatria piú del corvo stesso, fuori dei tuoi vetri, nero e insolente in mezzo alla neve? Perciò, se ti chiami Wolf, ti sia lecito disegnare un lupo sulla porta della tua casa, e se ti chiami Baer, un orso. Se hai la ventura di chiamarti Kohn, e quindi di appartenere alla famiglia dei benedicenti, perché non dovresti fare scolpire due mani benedicenti sul tuo architrave, e (il piú tardi possibile) sulla tua pietra tombale? E se invece sei un qualunque Fischbaum, ti accontenterai di un pesce, magari capovolto, intrappolato fra i rami di un albero; o di un melo da cui pendono aringhe invece di mele. Se poi sei un Arié, cioè un leone, ti si addice uno scudo in cui è scolpito un leoncello scarmigliato che balza al cielo quasi a sfidarlo, con la bocca che digrigna e gli artigli sguainati, in tutto simile agli innumerevoli leoni che si scelgono ad insegna i gentili in mezzo a cui tu vivi.

Il rabbino Arié-Leone iniziò dunque la sua opera in serenità di spirito, nella cantina della sua casa in Strada Larga: l'argilla gli veniva portata di notte da due discepoli, insieme con l'acqua della Moldava, e col carbone per alimentare il forno. Giorno per giorno, anzi notte per notte, il Golem andava prendendo forma, e fu pronto nell'anno 1579 dell'Era Volgare, 5339° della Creazione; ora, 5339 non è proprio un numero primo, ma quasi, ed è il prodotto di 19, che è il numero del sole e dell'oro, per 281, che è il numero delle ossa che compongono il nostro corpo.

Era un gigante, ed aveva figura umana dalla cintola in su. Anche a questo c'è un perché: la cintura è una frontiera, solo al di sopra della cintura l'uomo è fatto a immagine di Dio, mentre al di sotto è bestia; per questo, l'uomo savio non deve dimenticare di cingerla. Al di sotto della cintura il Golem era veramente Golem, cioè un frammento di caos: dietro alla cotta di maglia, che pendeva fino a terra a guisa di grembiale, non si intravvedeva che un intrico robusto d'argilla, di metallo e di vetro. Le sue braccia erano nodose e forti come rami di quercia; le mani, nervose ed ossute, Arié le aveva modellate sulle sue proprie. Il viso non era veramente umano, ma piuttosto leonino, perché un soccorritore deve incutere spavento, e perché Arié aveva voluto firmarsi.

Questa fu dunque la figura del Golem, ma il piú restava da fare, poiché gli mancava lo spirito. Arié esitò a lungo: avrebbe dovuto donargli il sangue, e col sangue tutte le passioni della bestia e dell'uomo? No, essendo il suo servo smisuratamente forte, il dono del sangue sarebbe stato incauto; Arié voleva un servo fidato, non un ribelle. Gli negò il sangue, e col sangue il Velle, la curiosità di Eva, il desiderio d'intraprendere; ma gli infuse altre passioni, e gli fu facile, perché non ebbe che da attingere entro se stesso. Gli donò la collera di Mosè e dei profeti, l'obbedienza di Abramo, la protervia di Caino, il coraggio di Giosuè, e finanche un poco della follia d'Achab; ma non la santa astuzia di Giacobbe, né il senno di Salomone, né la luce di Isaia, perché non voleva crearsi un rivale.

Perciò, al momento decisivo, quando si trattò di infondere nel cranio leonino del servo i tre principî del movimento, che sono il Noùs, l'Epithymia e il Thymòs, Arié distrusse le lettere dei primi due, e scrisse su di una pergamena soltanto quelle del terzo; aggiunse sotto, in grossi caratteri di fuoco, i segni del nome ineffabile di Dio, arrotolò la pergamena e la introdusse in un astuccio d'argento. Cosí il Golem non ebbe mente, ma ebbe coraggio e forza, e la facoltà di destarsi a vita solo quando l'astuccio col Nome gli veniva introdotto fra i denti.

Quando si venne al primo esperimento, ad Arié tremavano le vene come mai prima. Infilò il Nome nella sua sede, e gli occhi del mostro si accesero e lo guardarono. Si attendeva che gli chiedesse: « Che vuoi da me, o Signore? », ma udí invece un'altra domanda che non gli era nuova, e che gli suonò piena d'ira: « Perché prospera l'empio? » Allora comprese che il Golem era suo figlio, e provò gioia, e insieme temette davanti al Signore; perché, come sta scritto, la gioia dell'ebreo è con un briciolo di spavento.

Arié non fu deluso dal suo servo. Quando, privo del Nome, riposava nel sotterraneo della sinagoga, era del tutto inerte, un blocco d'argilla esanime, e non aveva bisogno di fieno né di biada; quando il Nome lo richiamava a vita, traeva tutta la sua forza dal Nome stesso e dall'aria che gli stava intorno: non gli occorreva carne, né pane, né vino. Non gli occorreva neppure la vista e l'amore del padrone, di cui si nutrono il cavallo e il cane: non era mai né triste né lieto, ma nel suo petto d'argilla indurita dal fuoco ardeva una collera tesa, quieta e perenne, la stessa che aveva lampeggiato nella domanda che era stata il suo primo atto vitale. Non intraprendeva nulla senza che Arié glielo ordinasse, ma non intraprendeva tutto ciò che Arié gli ordinava: il rabbino se ne accorse presto, e ne fu insieme allegro e inquieto. Era vano chiedere al Golem di andare nel bosco a tagliare legna, o alla fontana per acqua: rispondeva bensí « sarà fatto, o Signore », volgeva ponderosamente le spalle e partiva col suo passo di tuono, ma appena fuori di vista si infilava nel suo giaciglio buio, sputava il Nome, e si irrigidiva nella sua inerzia di scoglio. Accettava invece, con un lampo lieto negli occhi, tutte le imprese che richiedono coraggio e valentia, e le conduceva a termine con un suo tenebroso ingegno.

Per molti anni fu un valido difensore della comunità di Praga contro l'arbitrio e la violenza. Di lui si raccontano diverse imprese: di come, da solo, avesse sbarrato la strada ad un drappello di guerrieri turcomanni, che intendevano forzare la Porta Bianca per mettere il ghetto a sacco; di come avesse sventato i piani di una strage, catturando il vero autore di un assassinio che gli sgherri dell'Imperatore tentavano di camuffare per omicidio rituale; di come, sempre da solo, avesse salvato le scorte di frumento del fondaco da un'improvvisa e disastrosa piena della Moldava.

Sta scritto: « Il settimo giorno è riposo di Dio: non farai in esso lavoro alcuno, tu, tuo figlio, il tuo servo, il tuo bue, e il forestiero entro le tue porte ». Il rabbino Arié meditò: il Golem non era propriamente un servo, ma piuttosto una macchina, mossa dallo spirito del Nome; sotto questo aspetto, era simile ai mulini a vento, che è lecito far macinare il sabato, e alle navi a vela, che possono navigare. Ma poi gli sovvenne che si deve far siepe alla Legge, e risolse di toglergli il Nome ogni venerdí sera al tramonto, e cosí fece per molti anni.

Ora venne un giorno (era appunto un venerdí) in cui il rabbino aveva condotto il Golem nella sua propria abitazione, al secondo piano di un vetusto casamento in Strada Larga, dalla facciata annerita e corrosa dal tempo. Gli assegnò un cumulo di tronchetti da spaccare, gli sollevò un braccio e gli mise in mano la scure: il Golem, con la scure immobile a mezz'aria, volse lentamente verso di lui il ceffo inespressivo e feroce, e non si mosse. – Orsú, spacca! – ordinò Arié, ed un riso profondo gli solleticava il cuore senza apparire sul viso. La pigrizia e la disubbidienza del mostro lo lusingavano, perché queste sono passioni umane, native; non lui gliele aveva inspirate, il colosso d'argilla le aveva concepite da solo: era piú umano di quanto lui lo avesse voluto. – Orsú, al lavoro, – ripeté Arié.

Il Golem mosse due passi pesanti verso la legna, reggendo la scure davanti a sé a braccio teso; si arrestò; poi lasciò cadere la scure, che squillò sulle lastre di granito. Ghermí con la sinistra un primo tronchetto, lo pose verticale sul ceppo, vi calò sopra la destra come una mannaia: il tronchetto volò in due schegge. Cosí fece col secondo, col terzo e con gli altri: due passi dal ceppo al mucchio, mezzo giro, due passi dal mucchio al ceppo, fendente della nuda mano d'argilla, mezzo giro. Arié, affascinato e turbato, osservava il lavoro iroso e meccanico del suo servo. Perché aveva rifiutato la scure? Rifletté a lungo; la sua mente era avvezza all'interpretazione della Legge e delle narrazioni sacre, la quale è fatta di perché ardui e di risposte concettose e argute, e tuttavia per almeno mezz'ora la soluzione gli sfuggí. Si ostinò nella ricerca: il Golem era opera sua, suo figlio, ed è un pungolo doloroso scoprire nei nostri figli opinioni e volontà diverse dalle nostre, lontane, incomprensibili.

Ecco: il Golem era un servo che non voleva essere un servo. La scure era per lui uno strumento servile, un simbolo di servitú, come è il morso per il cavallo e il giogo per il bue; non cosí la mano, che è parte di te, e nel cui palmo è impresso il tuo destino. Si compiacque di questa risposta, si attardò a considerarla e a confrontarla con i testi, e ne fu pago: era acuta-arguta, plausibile, e santamente allegra. Indugiò tanto da non accorgersi che qualcosa stava avvenendo, anzi era già avvenuto, fuori dalla finestra, nell'aria di Strada Larga, nel cielo brumoso di Praga: il sole era tramontato, era cominciato il sabato.

Quando se ne accorse, era tardi. Arié tentò invano di arrestare il suo servo per estrargli di bocca il Nome: l'altro lo evitava, lo spazzava via colle sue braccia dure, gli volgeva la schiena. Il rabbino, che non lo aveva mai toccato prima, ne conobbe il peso disumano, e la durezza come di roccia: come un pendolo, il Golem irrompeva avanti e indietro nella piccola stanza, e spaccava legna su legna, tanto che le schegge schizzavano fino ai travicelli del soffitto. Arié sperò e pregò che la furia del Golem si arrestasse quando il mucchio di tronchetti fosse finito; ma allora il gigante si chinò stridendo in tutte le sue giunture, raccattò la scure, e con la scure imperversò fino all'alba, sfracellando tutto intorno a sé, i mobili, i tendaggi, i vetri, i muri divisori, fino al forziere dell'argento e alle scansie dei libri sacri.

Arié si rifugiò nel sottoscala, e qui ebbe modo e tempo di meditare una terribile verità: nulla porta piú presso alla follia che due ordini fra loro contrastanti. Nel cervello pietroso del Golem stava scritto « Servirai fedelmente il tuo signore: gli obbedirai come un cadavere »: ma stava anche scritta l'intera Legge di Mosè, che gli era stata trasmessa con ogni lettera del messaggio da cui egli era nato, perché ogni lettera della Legge contiene la Legge tutta. Gli stava dunque anche scritto dentro: « Riposerai il Sabato: non farai in esso opera alcuna ». Arié comprese la follia del suo servo, e lodò Dio per avere compreso, poiché chi ha compreso è piú che a mezza via: lodò Dio nonostante la rovina della sua casa, perché riconosceva che solo sua era la colpa, non di Dio né del Golem.

Quando l'alba del sabato si affacciò alle finestre sfondate, e nulla piú rimaneva da sfondare nella casa del rabbino, il Golem si arrestò come esausto. Arié gli si accostò con timore, avanzò una mano esitante, e gli estrasse di bocca la capsula d'argento che conteneva il Nome.

Al mostro si spensero gli occhi, e non gli si riaccesero piú. Quando fu sera, e il triste sabato fu finito, Arié tentò inutilmente di richiamarlo a vita perché lo aiutasse, con la forza ordinata di un tempo, a dare sesto alla sua casa devastata. Il Golem rimase immobile ed inerte, in tutto simile ormai ad un idolo vietato e odioso, un indecente uomo-bestia d'argilla rossiccia, qua e là scheggiato dalla sua stessa frenesia. Arié lo toccò con un dito, e il gigante crollò a terra e vi si infranse. Il rabbino raccolse i frammenti e li ripose nella soffitta della casa di Strada Larga in Praga, già allora decrepita, dove è fama che si trovino tuttora.

Ammutinamento

A Mario Rigoni Stern

Sono ormai dieci anni che i Farago coltivano il terreno contiguo al nostro giardino, e ne è nata una rudimentale amicizia, sommaria ed inarticolata, come sogliono essere quelle che si stabiliscono al di sopra di uno steccato o da riva a riva. I Farago sono orticultori da sempre, e noi proviamo per loro invidia ed ammirazione; loro sanno sempre fare la cosa giusta nel modo giusto e nel momento giusto, mentre noi, che siamo dei dilettanti e degli inurbati, ci nutriamo di errori. Noi seguiamo devotamente i loro consigli, quelli richiesti e quegli altri, che il padre Farago ci grida attraverso la recinzione quando ci vede commettere qualche enormità, o quando i frutti delle nostre enormità gridano al cielo; eppure, nonostante questa nostra umiltà e docilità, i nostri quattro palmi di terra sono pieni di erbaccia e di formicai, mentre i loro orti, che non sono meno di due ettari, sono puliti, ordinati e prosperosi.

« Ci va occhio », dicono i Farago, oppure « ci va la mano ». Salvo Clotilde, non vengono volentieri a vedere da vicino quello che noi facciamo: forse non vogliono responsabilità, o si rendono conto che una maggiore intimità e confidenza fra loro e noi non è possibile né desiderabile; o forse ancora, anzi probabilmente, non ci vogliono insegnare troppe cose: che, non si sa mai, non ci venisse in mente un giorno o l'altro di rubargli il mestiere. Consigli sí, ma alla lontana.

Clotilde è diversa. L'abbiamo vista crescere di estate in estate come un pioppo, e adesso ha undici anni. È bruna, snella, ha sempre i capelli che le cadono sugli occhi, ed è piena di mistero come tutte le adolescenti; ma era misteriosa anche prima, quando era rotonda, alta due spanne, e sporca di terra fino agli occhi, e secondo ogni apparenza imparava a parlare e a camminare dal cielo direttamente, o forse dalla terra stessa, con cui aveva un rapporto evidente ma indecifrabile. A quel tempo la vedevamo spesso sdraiata fra i solchi, sul suolo umido e tiepido smosso di recente: sorrideva al cielo con gli occhi chiusi, intenta al palpito delle farfalle che si posavano su di lei come su un fiore, immobile per non spaventarle via. Prendeva in mano i grilli e i ragni, senza ribrezzo e senza fargli male, li carezzava col dito bruno come si fa con gli animali domestici, poi li riposava in terra: – Vai, bestiolina, vai per la tua strada.

Adesso che è cresciuta, anche lei ci dà consigli e spiegazioni, ma di altra natura. Mi ha spiegato che il convolvolo è gentile ma pigro: a lasciarlo fare, invade i campi e li soffoca, però non per fare il male come la gramigna, solo è troppo pigro per crescere diritto. – Vedi come fa? Pianta anche lui la radice in terra, ma non tanto profondo, perché non ha voglia di faticare e non è molto forte. Poi si divide in fili, e ogni filo corre basso a cercarsi da mangiare, e non si incrociano mai: non sono mica stupidi, si mettono d'accordo prima, io a levante, tu a ponente. Fanno i fiori, che sono abbastanza belli e perfino un po' profumati, e poi queste palline, le vedi? perché pensano anche loro all'avvenire.

Per la gramigna, invece, non ha pietà: – È inutile che la tagli a pezzi con la zappa: tanto poi ogni pezzo ricresce, come i draghi delle favole. Anzi, è proprio un drago: se guardi bene, vedi i denti, le unghie e le scaglie. Ammazza le altre piante, e lei non muore mai, perché sta sottoterra; quello che vedi fuori è niente, quelle foglioline sottili dall'aria innocente, che sembrano quasi erba. Ma piú scavi e piú trovi, e se scavi profondo trovi uno scheletro tutto nero e nodoso, duro come il ferro e vecchio non so quanto: ecco, quello è la gramigna. Ci passano su le mucche e la calpestano e non muore: se la seppellisci in una tomba di pietra, spacca la pietra e si fa la via per uscire. L'unica è il fuoco. Io con la gramigna non ci parlo.

Le ho chiesto se parla con le altre piante, e mi ha detto che certamente. Anche suo padre e sua madre, ma lei meglio di loro: non è proprio un parlare con la bocca, come noi, ma è chiaro che le piante fanno dei segni e delle smorfie, quando vogliono qualche cosa, e capiscono i nostri: però bisogna non perdere la pazienza e cercare di farsi capire, perché in generale le piante sono molto lente, sia a capire, sia a esprimersi, sia a muoversi. – Vedi questo? – mi ha detto, indicando uno dei nostri limoni: – si lamenta, è un pezzo che si lamenta, e tu se non capisci non te ne accorgi, e intanto lui soffre.

– Si lamenta di che cosa? L'acqua non gli manca, e lo trattiamo preciso come gli altri.

– Non so, non è sempre facile capire. Vedi che da questa parte ha tutte le foglie accartocciate: è da questa parte che qualcosa non va. Forse urta con le radici contro una roccia: vedi che, sempre dalla stessa parte, fa una brutta ruga nel tronco.

Secondo Clotilde, tutto quello che cresce dalla terra, ed ha foglie verdi, è « gente come noi », con cui si trova modo di andare d'accordo; appunto per questo non si deve tenere piante e fiori nei vasi, perché è come chiudere le bestie in gabbia: diventano o stupide o cattive, insomma non sono piú le stesse, ed è un egoismo nostro metterle cosí allo stretto solo per il piacere di guardarle. La gramigna, appunto, fa eccezione, perché non viene dalla terra, ma da sottoterra, e questo è il regno dei tesori, dei draghi e dei morti. Nella sua opinione, il sottosuolo è un paese complicato come il nostro, solo è buio mentre qui è luce; ci sono caverne, gallerie, ruscelli, fiumi e laghi, e in piú ci sono le vene dei metalli, che sono tutti velenosi e malefici tranne il ferro, che entro certi limiti è amico dell'uomo. Ci sono anche tesori: alcuni nascosti dagli uomini in tempi remoti, altri che giacciono laggiú da sempre, oro e diamanti. Qui abitano i morti, ma di essi Clotilde non ama parlare. Il mese scorso, una escavatrice era al lavoro nella proprietà che confina con la loro: Clotilde assistette pallida e affascinata all'opera poderosa della macchina finché il livello dello scavo non giunse ai tre metri, poi scomparve per vari giorni, e tornò solo quando la macchina se ne fu andata e si vide che nel gran buco non c'era che terra e pietra, pozze d'acqua ferma, e qualche radice denudata.

Mi ha anche raccontato che non tutte le piante sono d'accordo. Ce ne sono di addomesticate, come le mucche e le galline, che non saprebbero fare a meno dell'uomo, ma ce ne sono altre che protestano, cercano di scappare, e qualche volta ci riescono. Se non ci stai attento, inselvatichiscono e non dànno piú frutto, o lo dànno come piace a loro e non come piace a noi: aspro, duro, tutto nòcciolo. Una pianta, se non è tutta addomesticata, ha nostalgia, specie se sta in vicinanza di un bosco selvatico. Vorrebbe tornare al bosco, e che solo le api si curassero di fecondarla, e gli uccelli e il vento di disseminarla. Mi ha mostrato i peschi del loro frutteto, ed era proprio come lei diceva, gli alberi piú vicini alla recinzione tendevano i rami oltre, come braccia.

– Vieni con me: ti devo mostrare una cosa –. Mi condusse su per la collina, in mezzo a un bosco che quasi nessuno conosce, tanto è fitto di sterpi. È poi come difeso da una cornice di vecchie terrazze in sfacelo, e queste sono ricoperte da una sorta di edera spinosa, di cui non conosco il nome. È bella a vedersi, con foglie a ferro di lancia, lucide, di un verde squillante macchiettato di bianco; ma il fusto, i rametti, e perfino il rovescio delle foglie stesse, sono irti di spine adunche, barbate come teste di frecce: se solo sfiorano la carne, vi penetrano e portano via il pezzo.

Strada facendo, e mentre io avevo appena fiato per governare i miei passi e dar voce a qualche sillaba di assenso, Clotilde parlava. Mi diceva di avere saputo poco prima una notizia importante, e di averla saputa da un rosmarino, che è poi un tipo speciale, amico dell'uomo ma a distanza, un po' come i gatti; gli piace fare da sé, e quel saporino aromatico che va tanto bene per l'arrosto è una sua invenzione: agli uomini piace, invece gli insetti lo trovano amaro. È un repellente, insomma, che lui ha inventato mille e mille anni fa, quando l'uomo non c'era ancora; e infatti non vedrai mai un rosmarino smangiato dai bruchi o dalle lumache. Anche le foglie a forma di ago sono una bella invenzione, ma non del rosmarino. Le hanno inventate i pini e gli abeti, ancora molto tempo prima: sono una buona difesa, perché le bestioline che mangiano le foglie incominciano sempre dalla punta, e se la trovano legnosa ed acuminata perdono subito il coraggio.

Il rosmarino le aveva fatto dei gesti per farle capire che doveva andare in quel bosco, a una certa distanza e in una certa direzione, e che avrebbe trovato una cosa importante: lei c'era già andata pochi giorni avanti, ed era proprio vero, e voleva farlo vedere anche a me. Soltanto, le era un po' dispiaciuto che il rosmarino avesse fatto la spia.

Mi insegnò un sentiero mezzo sepolto dai rovi, per cui riuscimmo a penetrare nel bosco senza troppi graffi: ed ecco, nel centro del bosco c'era una piccola radura circolare che non c'era mai stata prima. In quel punto, il terreno era quasi piano, e il suolo appariva liscio, battuto, senza un solo filo d'erba e senza un sasso. Tre o quattro sassi tuttavia c'erano, a un metro circa dalla periferia, e Clotilde mi disse che li aveva messi lei come riferimenti, per verificare quello che il rosmarino le aveva fatto capire: e cioè che quella era una scuola di alberi, un posto segreto dove gli alberi si insegnano l'un l'altro a camminare, in odio agli uomini e a loro insaputa. Mi condusse per mano (ha una mano poco infantile, ruvida e forte) lungo il cerchio, e mi fece vedere molte piccole cose, impercettibili: che, intorno a ogni tronco, il terreno era smosso, screpolato e come costipato verso l'esterno, e invece depresso verso l'interno; che tutti i tronchi pendevano un poco all'infuori, e anche i rampicanti correvano radialmente verso l'esterno. Beninteso, io non sono affatto sicuro che segni simili non si ravvisino anche altrove, in altre radure, o forse in tutte, e che non abbiano un significato diverso, o magari non ne abbiano alcuno: ma Clotilde era piena di eccitazione.

– Ce ne sono di intelligenti e di stupide, di pigre e di svelte, e anche le piú furbe non è che arrivino tanto lontano. Ma questo qui, per esempio, – e mi indicò un ginepro, – è parecchio che lo tengo d'occhio, e non mi fido di lui –. Quel ginepro, mi disse, si era spostato di almeno un metro in quattro giorni. Aveva trovato il modo giusto, a poco a poco lasciava morire tutte le radici da un lato e rinforzava quelle dall'altro, e voleva che tutti facessero come lui. Era ambizioso e paziente: tutte le piante sono pazienti, questa è la loro forza; ma appunto, lui era anche ambizioso, ed era stato uno dei primi a capire che una pianta che si sposti può conquistare un paese e liberarsi dall'uomo.

– Liberarsi, tutte lo vorrebbero, ma non sanno come, dopo tanti anni che comandiamo noi. Alcuni alberi, come gli olivi, si sono rassegnati da secoli, però si vergognano, e si vede bene dal modo come crescono, tutti storti e disperati. Altri, come i peschi e i mandorli, si sono arresi e fanno i frutti, ma, lo sai anche tu, appena possono ritornano selvaggi. Altri ancora non so: i castagni e le querce è difficile capire cosa vogliono; forse sono troppo vecchi e troppo di legno, e ormai non vogliono piú niente, come succede ai vecchi: solo che dopo l'estate venga l'inverno, e dopo l'inverno l'estate.

C'era poi un ciliegio selvatico che parlava. Non era che parlasse in italiano, ma era come quando si fa conversazione con gli olandesi che vengono al mare di luglio, che insomma non si capisce parola per parola, ma dai gesti e dall'intonazione uno finisce col rendersi conto abbastanza bene di quel che vogliono dire. Quel ciliegio parlava col fruscio delle fronde, che si udiva accostando l'orecchio al tronco, e diceva cose su cui Clotilde non era d'accordo: che non si devono fare fiori, perché sono una lusinga all'uomo, né frutti, che sono uno spreco e un dono non dovuto. Bisogna combattere l'uomo, non purificare piú l'aria per lui, sradicarsi e partire, anche a costo di morire o di ritornare selvaggi. Accostai anch'io l'orecchio al tronco, ma non colsi che un mormorio indistinto, benché forse un po' piú sonoro di quello che producevano le altre piante.

Si era ormai fatto buio, e non c'era luna. I lumi del paese e della spiaggia ci davano solo un'idea vaga della direzione che avremmo dovuto seguire per discendere:

in breve ci trovammo malamente intrigati nei rovi e nei terrazzi in rovina. Bisognava saltare giú alla cieca dall'uno all'altro, cercando d'indovinare nel buio crescente se avremmo preso terra su sassi, o su spini, o su suolo consolidato. Dopo un'ora di discesa eravamo entrambi stanchi, scorticati e inquieti, e i lumi in basso erano lontani come prima.

Si udí a un tratto un cane abbaiare. Ci fermammo: veniva proprio verso di noi, galoppando orizzontalmente lungo una delle terrazze. Poteva essere un bene o un male: dalla voce, non doveva essere un cane molto grosso, però abbaiava con sdegno e con tenacia, fin quando gli mancava il fiato, e allora lo si sentiva aspirare l'aria con un corto rantolo convulso. In breve fu a pochi metri sotto di noi, e fu chiaro che non abbaiava per capriccio, ma per dovere: non intendeva lasciarci entrare nel suo territorio. Clotilde gli chiese scusa per l'invasione, e gli spiegò che avevamo perso la strada e non volevamo altro che andarcene; perciò, lui faceva bene ad abbaiare, era il suo mestiere, ma se ci avesse insegnato la strada che portava a casa sua avrebbe fatto meglio, e non avrebbe perso tempo lui e neanche noi. Parlava con voce cosí tranquilla e persuasiva che il cane si quietò subito: lo intravvedevamo sotto di noi come una vaga chiazza bianca e nera. Scendemmo di pochi passi, e sentimmo sotto i piedi la durezza elastica della terra battuta. Il cane si incamminò a mezza costa verso destra, uggiolava ogni tanto, e si fermava a vedere se lo seguivamo. Dopo un quarto d'ora arrivammo cosí alla casa del cane, accolti da un tremulo coro di belati caprini: di lí, nonostante l'oscurità, trovammo facilmente un viottolo ben segnato che scendeva al paese.

In fronte scritto

Alle nove del mattino, quando Enrico entrò, sette altri stavano già aspettando; si sedette, e scelse una rivista dal mucchio che stava sul tavolo, la meno cincischiata che trovò: ma era una di quelle pubblicazioni oltraggiosamente inutili e noiose che confluiscono, nessuno sa come, appunto là dove è gente costretta all'attesa, che non si capisce chi si prenda la briga di cavare dal nulla, e che nessun uomo pensante potrebbe proporsi di leggere: piú vuote, mercenarie e volgari degli stessi cinegiornali. Quella, in ispecie, trattava degli artigianati regionali, era edita sotto gli auspici di un Ente mai sentito, e in ogni pagina c'era un sottosegretario che tagliava un nastro. Enrico posò la rivista e si guardò intorno.

Due avevano l'aria di pensionati, e le mani grosse e nodose; c'era una donna sulla cinquantina, dall'aspetto stanco, vestita dimessamente; gli altri quattro sembravano studenti. Passò un quarto d'ora, la porta in fondo si aprí, ed una ragazza sofisticata in grembiule giallo chiese: – Chi è il primo? – Passarono solo tre o quattro minuti, e la ragazza ricomparve; Enrico si volse al suo vicino, che era uno degli studenti, e gli disse: – Pare che si vada veloce –. L'altro rispose di malumore e con aria di esperto: – Mica detto –. Quanto volentieri, facilmente e presto ci si assume la parte del vecchio esperto, anche solo in un'anticamera! Ma l'esperto di turno doveva aver ragione: prima che passasse il terzo trascorse mezz'ora buona, e frattanto erano entrati altri due « nuovi ». Enrico si percepí inequivocabilmente vecchio ed esperto rispetto a loro, che del resto si guardavano intorno con la stess'aria spaesata che Enrico aveva avuta mezz'ora prima.

Il tempo passava lentamente: Enrico sentiva il ritmo cardiaco accelerare sgradevolmente, e le mani diventare fredde e sudate. Gli pareva di essere in attesa dal dentista o di dover passare un esame, e pensava che tutte le attese sono spiacevoli, chissà perché, forse perché gli eventi lieti sono piú rari di quelli tristi. Ma sono spiacevoli anche le attese degli eventi lieti, perché ti mettono in ansia, e non sai mai bene chi avrai davanti, che faccia ti farà e che cosa dovrai dire; poi, comunque vada, è sempre tempo non tuo, tempo che ti viene rubato dallo sconosciuto che sta dall'altra parte del muro. Insomma, non ci fu modo di stabilire un tempo medio per il colloquio. Le apparizioni della ragazza avvenivano con intervalli varianti da due minuti (per uno dei pensionati) a tre quarti d'ora (per uno studente molto bello, con la barba bionda e gli occhiali cerchiati d'acciaio): quando Enrico passò, le undici non erano lontane.

Fu introdotto in un ufficio freddo e pretenzioso; alle pareti erano appese pitture informali e fotografie che rappresentavano volti umani, ma Enrico non ebbe tempo di osservarle da vicino, perché un funzionario lo invitò a sedere presso la scrivania. Era un giovanotto dai capelli tagliati a spazzola, abbronzato, alto ed atletico; aveva all'occhiello una targhetta con su inciso « Carlo Rovati », e portava scritto sulla fronte, in nitidi caratteri blu stampatelli: « FERIE IN SAVOIA ».

– Lei ha risposto al nostro annuncio sul « Corriere », – lo informò gioviale. – Penso che non ci conosca, ma ci conoscerà presto, sia che troviamo un accordo, sia che non lo troviamo. Noi siamo gente aggressiva, che va subito al sodo e non fa complimenti. Nel nostro annuncio si parlava di un lavoro facile e ben retribuito; qui le posso aggiungere che si tratta di un lavoro talmente facile che non lo si può neppure chiamare lavoro: è piuttosto una prestazione, una concessione. Quanto al compenso giudicherà lei stesso.

Il Rovati si interruppe un momento, osservò Enrico con aria professionale, chiudendo un occhio ed inclinando il capo prima a sinistra e poi a destra, e infine aggiunse:

– Lei andrebbe proprio bene. Ha un viso aperto, positivo, non brutto e insieme non troppo regolare: un viso che non si dimentica facilmente. Le potremmo offrire... – e qui aggiunse una cifra che fece sobbalzare Enrico sulla sedia. Bisogna sapere che questo Enrico doveva sposarsi, e di quattrini ne aveva e ne guadagnava pochi, e che era uno di quei tipi che non amano fare il passo piú lungo della gamba. Intanto il Rovati continuava: – Lei lo avrà già capito: si tratta di una nuova tecnica di promozione, – (e qui accennò con disinvolta eleganza alla sua fronte). – Lei, se accetta, non sarà impegnato per nulla per quanto riguarda il suo comportamento, le sue scelte e le sue opinioni: io, per esempio, in Savoia non ci sono stato mai, né in ferie né altrimenti, e neppure penso di andarci. Se riceverà commenti, risponderà come le pare, anche smentendo il suo messaggio, o non risponderà affatto: insomma, lei ci vende o ci affitta la sua fronte, e non la sua anima.

– La vendo o la affitto?

– La scelta sta a lei: noi le proponiamo due forme di contratto. La cifra che le ho esposto è per un impegno triennale: lei non ha che da passare al nostro centro grafico, che è qui al piano terreno, riceve la scritta, passa alla cassa, e ritira l'assegno. Oppure, se preferisce un impegno piú breve, diciamo trimestrale, la procedura è la stessa, ma l'inchiostro è diverso: sparisce da sé, in tre mesi circa, senza lasciare traccia. In questa alternativa, va da sé che il compenso è di parecchio inferiore.

– Invece, nel primo caso, l'inchiostro dura tre anni?

– No, non precisamente. I nostri chimici non sono ancora riusciti a formulare un inchiostro dermografico che duri tre anni netti, e poi scompaia senza impallidire prima. L'inchiostro triennale è indelebile: al termine del terzo anno lei ripassa qui un momento, si sottopone ad un breve intervento assolutamente indolore, e riacquista la faccia di prima; a meno che, naturalmente, il nostro committente e lei non vi troviate d'accordo nel rinnovare il contratto.

Enrico era perplesso, non tanto per sé quanto per Laura. Quattro milioni sono quattro milioni, ma Laura che cosa avrebbe detto?

– Non ha mica da decidere cosí, su due piedi, – intervenne il Rovati, come se gli avesse letto nel pensiero. – Lei va a casa, ci pensa, si consulta con chi vuole, poi viene qui e firma. Ma entro una settimana, per favore: sa bene, abbiamo da studiare i nostri piani di sviluppo.

Enrico si sentí sollevato. Chiese: – Potrò scegliere la scritta?

– Entro certi limiti, sí: le daremo una lista con cinque o sei alternative, e lei deciderà. Ma in ogni caso, non si tratterà che di poche parole, eventualmente accompagnate da un marchio.

– E... vorrei sapere: sarei io il primo?

– Vorrà dire il secondo, – sorrise il Rovati, indicando nuovamente la sua fronte. – Ma non sarà neppure il secondo. Solo in questa città abbiamo già concluso... attenda: ecco, ottantotto contratti; quindi non abbia timore, non si troverà solo, e neppure dovrà dare troppe spiegazioni. Secondo le nostre previsioni, entro un anno la pubblicità frontale diventerà un lineamento di tutti i centri urbani, forse addirittura un segno di originalità e di prestigio personale, come il distintivo di un club. Pensi che quest'estate abbiamo concluso ventidue contratti stagionali a Cortina, e quindici a Courmayeur, sulla base del solo vitto e alloggio per il mese di agosto!

Con stupore di Enrico, e con un certo suo disagio, Laura non esitò neppure un minuto. Era una ragazza pratica, e gli fece presente che con quattro milioni la faccenda dell'alloggio sarebbe stata sistemata; non soltanto, ma i milioni, invece che quattro, avrebbero potuto diventare otto, o forse anche dieci, e allora si sarebbe risolta anche la questione dei mobili, del telefono, del frigo, della lavatrice e della ottocentocinquanta. E come dieci? Ma era chiaro! Si sarebbe fatta scrivere anche lei, e una coppia giovane, graziosa, con in fronte due inviti fra loro complementari, valeva certamente di piú della somma di due fronti scompagnate: quella gente lo avrebbe riconosciuto senza difficoltà.

Enrico non mostrò molto entusiasmo: primo, perché l'idea non era venuta a lui; secondo, perché anche se gli fosse venuta non avrebbe osato proporla a Laura; terzo, perché insomma, tre anni sono lunghi, e gli sembrava che una Laura marcata come si fa coi vitelli, e marcata proprio su quella sua fronte cosí pulita, cosí pura, non sarebbe stata la stessa Laura di prima. Tuttavia si lasciò convincere, e due giorni dopo si presentarono entrambi all'agenzia e chiesero del Rovati: ci fu una contrattazione, ma neanche tanto accanita, Laura espose le sue ragioni con garbo e convinzione, al Rovati la sua fronte doveva essere piaciuta fin troppo, e in buona sostanza i milioni furono nove. Per la scritta, non ci fu molto da scegliere: l'unica ditta che intendeva reclamizzare un prodotto idoneo ad una presentazione bipartita era una società di cosmetici. Enrico e Laura firmarono, ritirarono l'assegno, ricevettero uno scontrino e discesero al centro grafico. Una ragazza in camice bianco pennellò loro sulla fronte un liquido dall'odore pungente, li espose per pochi minuti alla luce azzurra ed abbagliante di una lampada, e stampigliò ad entrambi, verticalmente al di sopra del naso, un giglio stilizzato; poi, sulla fronte di Laura, scrisse in elegante corsivo: « Lilywhite, per lei », e sulla fronte di Enrico, « Lilybrown, per lui ».

Si sposarono dopo due mesi, che per Enrico furono piuttosto duri. In ufficio, dovette dare un buon numero di spiegazioni, e non trovò nulla di meglio che esporre la pura verità; anzi, la verità quasi pura, perché non fece parola di Laura, e attribuí alla propria fronte tutti i nove milioni: la cifra non la tacque, perché temeva che gli rimproverassero di essersi venduto per poco. Alcuni lo approvarono, altri lo disapprovarono; non gli parve di riscuotere simpatia, e tanto meno gli parve che riscuotesse attenzione il profumo che la sua fronte vantava. Era combattuto da due spinte contrastanti: spiattellare a tutti l'indirizzo dell'agenzia, per non essere solo; o invece tenerlo segreto, per non deprezzarsi. Il suo imbarazzo si attenuò parecchio qualche settimana dopo, quando vide il Molinari, serio e intento come sempre dietro al suo tecnigrafo, che portava scritto in fronte: « Denti sani con Alnovol ».

Laura aveva, o si faceva, meno problemi. In casa, nessuno aveva trovato nulla a ridire, anzi, sua madre si era affrettata a presentarsi all'agenzia, ma l'avevano rifiutata dicendole apertamente che la sua fronte aveva troppe rughe per essere utilizzabile. Laura aveva poche amiche, non studiava piú e non lavorava ancora, cosí non le era difficile tenersi in disparte. Girava i negozi per via del corredo e dei mobili, e si sentiva guardata, ma nessuno le faceva domande.

Decisero di fare il viaggio di nozze in auto, con la tenda, ma evitando i camping organizzati, ed anche dopo che furono tornati si trovarono d'accordo nel presentarsi in pubblico il meno possibile: cosa non molto gravosa per due giovani sposi, per di piú indaffarati a mettere su casa. Tuttavia, entro pochi mesi il loro disagio era quasi scomparso: l'agenzia doveva aver fatto un buon lavoro, o forse altre agenzie l'avevano imitata, poiché non era ormai piú raro incontrare per strada o sul filobus individui dalla fronte segnata. Per lo piú erano giovani o ragazze attraenti, molti erano visibilmente degli immigrati: nella loro scala, un'altra giovane coppia, i Massafra, portava scritto in fronte, in due versioni gemelle, l'invito a frequentare una certa scuola professionale per corrispondenza. Fecero presto amicizia, e presero l'abitudine di andare insieme al cinema, e a cena in trattoria alla domenica sera: un tavolo era riservato per loro quattro, sempre lo stesso, in fondo a destra entrando. Si accorsero in breve che anche un altro tavolo, contiguo al loro, era frequentato abitualmente da gente segnata, e venne loro naturale di attaccare discorso e di scambiarsi confidenze sui rispettivi contratti, sulle esperienze precedenti, sui rapporti col pubblico, e sui piani per l'avvenire. Anche al cinematografo, quando era possibile, prendevano posto nelle poltrone che stavano a destra entrando, perché avevano notato che diversi altri segnati, uomini e donne, usavano sedersi di preferenza in quei posti.

Verso novembre, Enrico calcolò che un cittadino su trenta portava qualcosa scritto sulla fronte. Per lo piú erano inviti pubblicitari come i loro, ma si incontravano talvolta sollecitazioni o dichiarazioni diverse. Videro in Galleria una giovane elegante che recava scritto in viso « Johnson boia »; in via Larga, un ragazzo dal naso rincagnato come i pugili che recava « Ordine = Civiltà »; fermo ad un semaforo, al volante di una Minimorris, un trentenne con le basette che recava « Scheda bianca! »; sul filobus numero 20 due graziose gemelle, appena adolescenti, che portavano scritto in fronte, rispettivamente, « Viva il Milan » e « Forza Zilioli ». All'uscita di un liceo, un'intera classe di ragazzi recava scritto « Sullo go home »; incontrarono una sera, in mezzo alla nebbia, un personaggio indefinibile, vestito con vistosa pacchianeria, che sembrava ubriaco o drogato, e sotto la luce di un lampione rivelò la scritta « INTERNO AFFANNO ». Era poi diventato comunissimo trovare per strada bambini che portavano in fronte, scarabocchiati con una penna a sfera, viva e abbassi, ingiurie e parole sporche.

Enrico e Laura si sentivano dunque meno soli, ed anzi, incominciavano a provare fierezza, perché si sentivano in certa misura dei pionieri e dei capostipiti: erano anche venuti a sapere che le offerte delle agenzie erano addirittura precipitate. Nell'ambiente dei vecchi segnati correva voce che, per una scritta normale, su di una sola riga e per tre anni, ormai non si offrissero piú di 300 000 lire, e il doppio per un testo fino a trenta parole con un marchio d'impresa. A febbraio ricevettero in omaggio il primo numero della « Gazzetta dei Frontali ». Non si capiva bene chi la pubblicasse: per i tre quarti, naturalmente, era zeppa di pubblicità, e anche il quarto residuo era sospetto. Un ristorante, un campeggio e vari negozi offrivano ai Frontali modesti sconti sui prezzi; si rivelava l'esistenza di un club, in una viuzza di periferia; si invitavano i Frontali a frequentare la loro cappella, dedicata a san Sebastiano. Enrico e Laura ci andarono una domenica mattina, per curiosità: dietro l'altare era un grande crocifisso di plastica, e il Cristo portava scritto JNRI sulla fronte anziché sul cartiglio.

Press'a poco allo scadere del terzo anno del contratto, Laura si accorse di aspettare un bambino, e ne fu lieta, benché, con i recenti aumenti del costo della vita, la loro situazione finanziaria non fosse brillante. Andarono dal Rovati a proporre un rinnovo, ma lo trovarono assai meno gioviale di un tempo: offerse loro una cifra irrisoria per un testo lungo ed ambiguo in cui si vantavano certe filmine danesi. Rifiutarono, di comune accordo, e scesero al centro grafico per la cancellatura; tuttavia, a dispetto delle assicurazioni della ragazza in camice bianco, la fronte di Laura rimase ruvida e granulosa come per una scottatura, e poi, guardando bene, il giglio stilizzato si distingueva ancora, come le scritte del Fascio sui muri di campagna.

Il bambino nacque a termine, regolarmente: era robusto e bello, ma, inesplicabilmente, portava scritto sulla fronte « OMOGENEIZZATI CAVICCHIOLI ». Lo portarono all'agenzia, ed il Rovati, fatte le opportune ricerche, dichiarò loro che quella ragione sociale non esisteva in alcun annuario, ed era sconosciuta alla Camera di Commercio: perciò non poteva offrire loro proprio niente, neppure a titolo di indennizzo. Gli fece ugualmente un buono per il centro grafico, affinché la fronte del piccolo fosse cancellata gratuitamente.

Ottima è l'acqua

Boero discuteva con se stesso, nella solitudine del laboratorio, e non ne veniva a capo. Aveva lavorato e studiato duro, quasi due anni, per conquistarsi quel posto: aveva anche fatto cose di cui si vergognava un poco, aveva corteggiato Curti, di cui non aveva alcuna stima; aveva perfino (per calcolo o ingenuamente? Anche di questo non gli riusciva di venire a capo) messo in dubbia luce davanti a Curti l'abilità e la preparazione di due suoi colleghi e rivali.

Adesso c'era, era dentro, a pieno titolo: possedeva un suo territorio, piccolo ma suo, uno sgabello, una scrivania, mezzo armadio di vetreria, un metro quadrato di banco, un attaccapanni e un camice. C'era, e non era splendido come si era aspettato; non era neppure divertente, era anzi molto triste pensare *a*) che non basta essere in un laboratorio per sentirsi mobilitato, un soldato sul fronte della scienza; *b*) che avrebbe dovuto, per almeno un anno, dedicarsi a un lavoro diligente e idiota, anzi, diligente appunto perché idiota, un lavoro fatto solo di diligenza, un lavoro già fatto da almeno dieci altri, tutti oscuri, tutti probabilmente già morti, e morti senz'altro nome che quello smarrito in mezzo ad altri trentamila, nel vertiginoso indice per autori delle Tabelle del Landolt.

Oggi, per esempio, doveva verificare il valore del coefficiente di viscosità dell'acqua. Sissignori: dell'acqua distillata. Si può immaginare un mestiere piú insipido? Un mestiere da lavandaio, non da giovane fisico: lavare venti volte al giorno il viscosimetro. Un mestiere da... contabile, da pignolo, da insetto. E non basta: fatto sta che i valori trovati oggi non vanno d'accordo con quelli trovati ieri; sono cose che càpitano, ma nessuno le confessa volentieri. C'è una differenza, piccola ma certa, ostinata come solo i fatti sanno essere ostinati: del resto è una faccenda ben nota, è la naturale malignità delle cose inanimate. E allora si ripete il lavaggio dell'apparecchio, si distilla l'acqua per la quarta volta, si controlla per la sesta volta il termostato, si fischietta per non imprecare, e si ripetono le misure.

Impiegò tutto il pomeriggio a ripetere le misure, ma non fece i calcoli perché non voleva guastarsi la serata. Li fece il mattino seguente, e, sure enough, la differenza rimaneva: non solo, era perfino leggermente aumentata. Ora si deve sapere che le Tabelle del Landolt sono sacre: sono la Verità. Uno viene incaricato di rifare le misure solo per sadismo, sospettava Boero: solo per verificare la quinta e la quarta cifra significativa, ma se la terza non corrisponde, ed era il suo caso, come diavolo la mettiamo? Si deve sapere che mettere in dubbio il Landolt è molto peggio che mettere in dubbio il Vangelo: se hai torto ti copri di ridicolo e ti comprometti la carriera, e se hai ragione (che è improbabile) non ne ricavi né utilità né gloria, bensí la nomea di, appunto, contabile, pignolo e insetto; e tutt'al piú la gioia trista di aver ragione dove un altro ha torto, che dura lo spazio d'un mattino.

Andò a parlarne con Curti, e Curti, come era prevedibile, andò in bestia. Gli disse di rifare le misure, lui rispose che le aveva già rifatte molte volte e che ne aveva fin sopra i capelli, e Curti gli disse di cambiare mestiere. Boero discese le scale deciso a cambiarlo, ma sul serio, radicalmente: che Curti si cercasse un altro schiavo. Per tutta la settimana non ritornò all'Istituto.

Rimuginare è poco cristiano, è doloroso, noioso, e in generale non rende. Lo sapeva, eppure da quattro giorni non faceva altro: provava tutte le varianti, ripassava le cose che aveva fatte, udite e dette, si fingeva quelle altre che avrebbe potuto dire, udire o fare, esaminava le cause e le conseguenze delle une e delle altre: farneticava e contrattava. Fumava una sigaretta dopo l'altra, sdraiato sulla sabbia grigia del Sangone, cercando di calmarsi e di ritrovare il senso della realtà. Si domandava se davvero si era tagliati i ponti alle spalle, se proprio avrebbe dovuto cambiare carriera, o se doveva tornare da Curti e venire a patti, o se addirittura non sarebbe stato piú sensato riprendere il suo posto, dare un colpetto di pollice alla bilancia e falsificare i risultati.

Poi il canto delle cicale lo distrasse, e si perse ad osservare i vortici accanto ai suoi piedi. « Ottima è l'acqua », gli venne in mente: chi lo aveva scritto? Pindaro, forse, o un altro di quei valentuomini che si studiano in liceo. Tuttavia, guardando meglio, cominciò a sembrargli che qualcosa in quell'acqua non andasse. Conosceva quel torrente da molti anni, ci era venuto a giocare da bambino, e piú tardi, proprio in quel punto, con una ragazza e poi con un'altra: bene, l'acqua era strana. La toccò, la assaggiò: era fresca, limpida, non aveva sapore, emanava il solito leggero odore palustre, eppure era strana. Dava l'impressione di essere meno mobile, meno viva: le cascatelle non trascinavano bolle d'aria, la superficie era meno increspata, anche lo scroscio non sembrava quello, era piú sordo, come attutito. Scese fino al tonfano e vi gettò un sasso: le onde circolari erano lente e pigre, e si smorzarono prima di raggiungere la sponda. Allora gli venne in mente che le opere di presa dell'acquedotto municipale non erano molto lontane da quel luogo, e d'improvviso la sua accidia svaporò, e si sentí sottile ed accorto come un serpente. Doveva portare via un campione di quell'acqua: si frugò le tasche invano, poi si arrampicò per la riva fin dove aveva lasciato la motocicletta. In una delle due borse trovò un foglio di plastica, che aveva usato qualche volta per riparare la sella dalla pioggia: ne fece un sacchetto, lo riempí d'acqua e lo legò stretto, poi partí come un turbine alla volta del laboratorio. Quell'acqua era mostruosa: 1,300 centipoise a 20° C, il 30 per cento di piú del valore normale.

L'acqua del Sangone era viscosa dalle sorgenti fino alla confluenza col Po: l'acqua di tutti gli altri torrenti e fiumi era normale. Boero si era riconciliato con Curti, anzi Curti con Boero, davanti all'incalzare dei fatti: stesero in fretta e furia una memoria in doppio nome, ma quando questa fu in bozza ne dovettero scrivere un'altra con fretta ancora maggiore, perché nel frattempo anche l'acqua del Chisone e quella del Pellice avevano cominciato a diventare viscose, e quella del Sangone aveva raggiunto un valore di 1,45. Queste acque resistevano inalterate alla distillazione, alla dialisi e al passaggio per colonne di adsorbimento; se sottoposte ad elettrolisi con ricombinazione dell'idrogeno e dell'ossigeno, si otteneva acqua identica a quella di origine; dopo lunga elettrolisi sotto tensioni elevate, la viscosità aumentava ulteriormente.

Era aprile, ed in maggio anche il Po divenne anomalo, dapprima in alcuni suoi tratti, poi in tutto il corso fino alla foce. La viscosità dell'acqua era ormai visibile anche all'occhio non esercitato, le correnti fluivano silenziose e torpide, senza mormorio, come una colata d'olio esausto. I corsi alti erano ingorgati e tendevano a straripare, i corsi bassi invece erano in magra, e nel Pavese e nel Mantovano i rami morti si insabbiarono nel giro di poche settimane.

Le melme sospese sedimentavano con maggior lentezza dell'usato: a metà giugno, visto dagli aerei, il Delta era circondato da un alone giallastro del raggio di venti chilometri. A fine giugno piovve su tutta l'Europa: sull'Italia settentrionale, sull'Austria e sull'Ungheria la pioggia era viscosa, drenava con difficoltà e ristagnava nei campi, che si impaludarono. In tutte le pianure i raccolti andarono distrutti, mentre nelle zone in pendio anche lieve le coltivazioni prosperarono piú dell'usato.

L'anomalia si estese rapidamente nel corso dell'estate, con un meccanismo che sfidava ogni tentativo di spiegazione: si registrarono piogge viscose in Montenegro, in Danimarca ed in Lituania, mentre un secondo epicentro si andava delineando nell'Atlantico, al largo del Marocco. Non occorreva alcuno strumento per distinguere queste dalle piogge normali: le gocce erano grevi e grosse, come piccole vesciche, fendevano l'aria con un lieve sibilo, e si spiaccicavano al suolo con uno schiocco particolare. Furono raccolte gocce di due o tre grammi; bagnato di quest'acqua, l'asfalto diventava viscido, ed era impossibile circolarvi sopra con veicoli gommati.

Nelle zone contaminate morirono nello spazio di pochi mesi tutti o quasi gli alberi d'alto fusto, e pullularono le erbe selvagge e gli arbusti: il fatto venne attribuito alla difficile ascesa dell'acqua viscosa lungo i vasi capillari dei tronchi. Nelle città la vita civile proseguí pressoché normale per qualche mese: soltanto si osservò una diminuzione della portata in tutte le tubazioni d'acqua potabile, ed inoltre le vasche da bagno e i lavandini impiegavano piú tempo per svuotarsi. Le lavatrici divennero inutilizzabili: si riempivano di schiuma appena avviate, e i motori bruciavano.

Parve all'inizio che il mondo animale offrisse una barriera di difesa contro l'ingresso dell'acqua viscosa nell'organismo umano, ma la speranza ebbe breve durata.

Si è stabilita cosí, entro poco piú di un anno, la situazione attuale. Le difese hanno ceduto, assai prima di quanto non si temesse: come l'acqua del mare, dei fiumi e delle nuvole, cosí tutti gli umori dei nostri corpi si sono addensati e corrotti. I malati sono morti, ed ora siamo tutti malati: i nostri cuori, pompe miserevoli progettate per l'acqua di un altro tempo, si sfiancano dall'alba all'alba per intrudere il sangue viscoso entro la rete dei vasi; moriamo a trenta, a quarant'anni al massimo, di edema, di pura fatica, fatica di tutte le ore, senza pietà e senza soste, che pesa in noi dal giorno della nascita, e ci impedisce ogni movimento rapido o prolungato.

Come i fiumi, anche noi siamo torpidi: il cibo che mangiamo e l'acqua che beviamo devono attendere per ore prima di integrarsi in noi, e questo ci rende inerti e grevi. Non piangiamo: il liquido lacrimale soggiorna superfluo nei nostri occhi, e non stilla in lagrime ma defluisce come un siero, che toglie dignità e sollievo al nostro pianto. Cosí è in tutta l'Europa, oramai, e il male ci ha colti di sorpresa, prima che lo comprendessimo. Solo ora, in America e altrove, si incomincia a sospettare la natura dell'alterazione dell'acqua, ma si è ben lontani dal sapervi porre riparo: intanto è stato segnalato che il livello dei Grandi Laghi è in rapido aumento, che l'intera Amazzonia si sta impaludando, che lo Hudson supera e rompe gli argini in tutto il suo corso alto, che i fiumi e i laghi dell'Alaska si rapprendono in un ghiaccio che non è piú fragile, ma elastico e tenace come l'acciaio. Il Mare dei Caraibi non ha piú onde.

Indice

Stampato per conto della Casa editrice Einaudi
presso lo Stabilimento Tipolitografico G. Canale & C., s. p. a., Torino

C.L. 59409

Ristampa

0 1 2 3 4 5 6 7 8

Anno

87 88 89 90 91 92 93